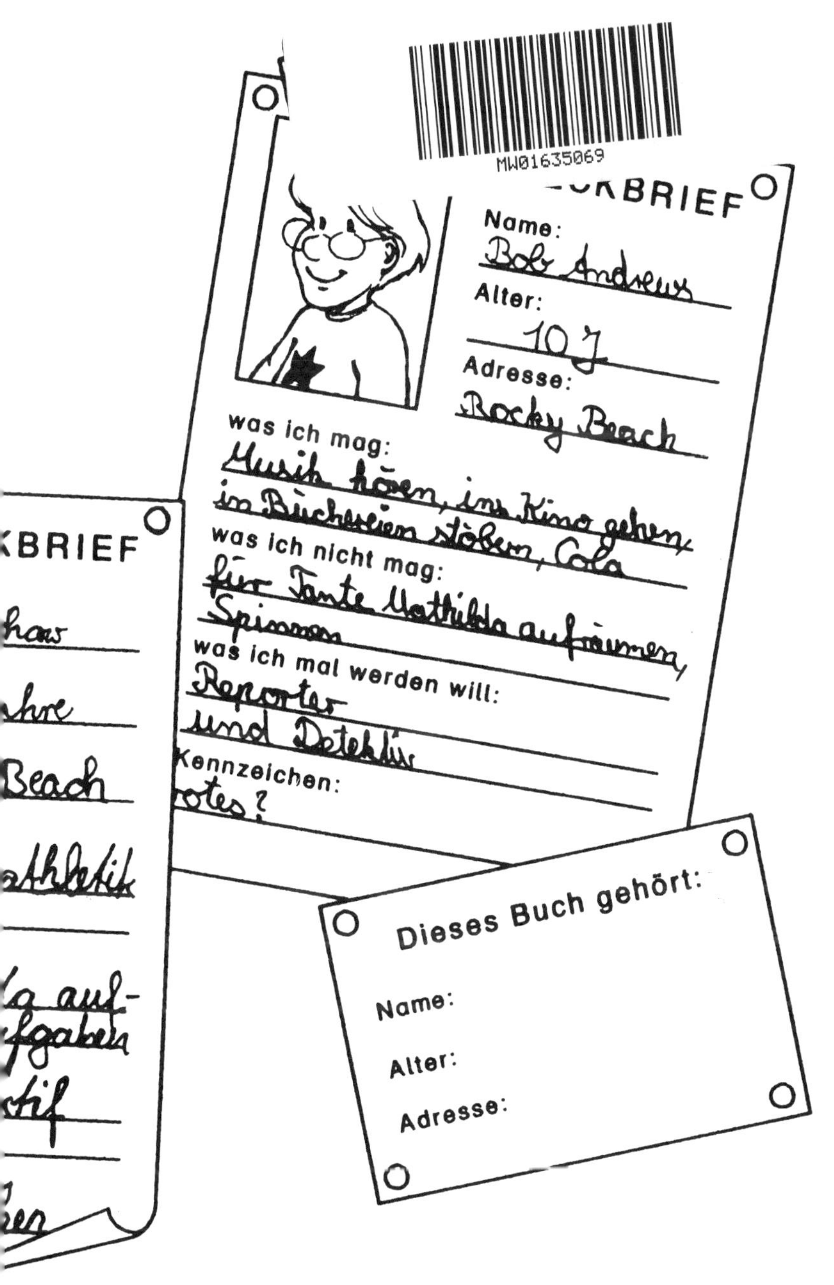
MW01635069
KBRIEF
Name:
Bob Andrews
Alter:
10 J
Adresse:
Rocky Beach
was ich mag:
Musik hören, ins Kino gehen, in Büchereien stöbern, Cola
was ich nicht mag:
für Tante Mathilda aufräumen, Spinnen
was ich mal werden will:
Reporter und Detektiv
Kennzeichen:
KBRIEF
Beach
Dieses Buch gehört:
Name:
Alter:
Adresse:

Die drei ???® Kids
Band 6

Gefahr im Gruselgarten

Erzählt von Ulf Blanck

Mit Illustrationen von Stefanie Wegner

KOSMOS

Umschlag- und Innenillustration: Stefanie Wegner, Soltau
Umschlaggestaltung: Atelier Reichert, Stuttgart

Unser gesamtes lieferbares Programm und viele weitere Informationen zu unseren Büchern, Spielen, Experimentierkästen, DVDs, Autoren und Aktivitäten finden Sie unter **www.kosmos.de**

„Gefahr im Gruselgarten" ist der 6. Band der Reihe „Die drei ???® Kids", siehe auch S.128.

2. überarbeitete Auflage

ISBN 978-3-440-12006-4
Grundlayout: Friedhelm Steinen-Broo, eStudio Calamar
Produktion: DOPPELPUNKT, Stuttgart
Printed in the Czech Republic / Imprimé en République tchèque

Die drei ???® Kids
»Gefahr im Gruselgarten«

Überraschungsangriff

Es kam selten vor, doch an diesem Tag war es absolut windstill in Rocky Beach. Auf den Straßen flimmerte die aufsteigende Hitze über dem Asphalt. Kein Lüftchen wehte vom nahen Pazifik ins Land, und müde plätscherten die Wellen an die felsige Küste. Irgendwo dazwischen, gut versteckt an der alten Bahnlinie, stand die *Kaffeekanne*. Es war ein großer Wassertank auf einer Holzkonstruktion. An der Seite ragte ein dickes Rohr über die verrosteten Gleise. Früher wurden damit die Lokomotiven mit Wasser aufgefüllt.

Doch im Inneren befand sich kein Wasser, sondern Justus Jonas und sein Freund Peter Shaw.

»Ich steck mir die Finger in die Ohren, sonst dampft mein Gehirn heraus«, stöhnte Peter und nahm einen großen Schluck warme Cola.

Justus blickte auf den alten Wecker an der Wand. »Ich versteh nicht, wo Bob bleibt. Am Telefon sprach er noch von der Überraschung des Tages.«

Nach weiteren zehn Minuten stieß plötzlich etwas Dumpfes gegen die Einstiegsluke. Man konnte vom Boden über einige Stahlsprossen in die Kaffeekanne gelangen.

»Was war das?«, erschrak Peter. Im gleichen Moment öffnete sich die Klappe, und Bob Andrews schob seinen Kopf ins Innere. Er trug keine Brille, und seine aufgerissenen Augen starrten ins Leere.

»Nun hör schon auf mit dem Quatsch!«, rief Justus.

Bob öffnete langsam den Mund, und zum Vorschein kamen zwei lange, spitze Zähne. Peter und Bob stießen gemeinsam einen gellenden Schrei aus – wobei Bob ein Plastikgebiss aus dem Mund fiel.

»Das gibt Rache, Bob! Ich hasse dieses ganze Draculazeug – das weißt du. Hau bloß ab mit deinen bescheuerten Vampirzähnen!« Peter war außer sich vor Wut, und das kam selten vor.

Doch bevor er sich richtig aufregen konnte, zog Bob triumphierend ein Bündel Pappstreifen aus der Hosentasche. »Wisst ihr, was das ist? Das sind alles Freikarten für den Jahrmarkt in Rocky Beach.«

»Ist ja irre. Wo hast du die her?«, fragte Peter. Der Schreck war bereits vergessen.

»Mein Vater hat sie mir geschenkt. Die Vampirzähne waren als Werbung dabei. Es sind alles Pressekarten. Als Reporter kommt man fast überall umsonst rein. Kino, Konzerte, Jahrmärkte … Die wollen natürlich, dass man dann auch gut darüber berichtet.« Bobs Vater arbeitete für eine große Tageszeitung in Los Angeles.

»Worauf warten wir noch? Der Jahrmarkt hat seit einer Stunde auf, und übermorgen ist schon der letzte Tag. Los geht's!« Bester Laune schwangen sich Justus, Peter und Bob auf ihre Fahrräder. Der Jahrmarkt lag genau auf der anderen Seite von Rocky Beach. Sie fuhren quer durch die Stadt und konnten schon bald das große Riesenrad erkennen. Die Fahrgeschäfte und Buden wurden immer am Ende der großen Sommerferien aufgebaut. Danach zog der ganze Rummel weiter in eine andere Stadt.

Kurze Zeit später schlossen sie ihre Räder um einen Baum zusammen und rannten los. Alle drei waren sich einig, dass zuerst die Achterbahn ausprobiert werden sollte.

Um diese Zeit war es auf dem Jahrmarkt noch nicht so voll, und sie mussten kaum anstehen. Justus und Bob stürmten auf die vorderen Plätze der Loopingbahn. Peter entschied sich für die sichere Mitte. Ein junger Mann zerriss drei der Freikarten, und dann ging es los. Die Bahn schoss wie ein Pfeil nach vorn, raste durch einen dunklen Tunnel und wirbelte – die Insassen kopfüber – in die Tiefe. Die Leute kreischten vor Begeisterung.

Nach zwei Minuten war alles vorbei, und Peter war hellgrün im Gesicht. Er wartete lieber vor der Loopingbahn, als die anderen beiden gleich noch einmal durchstarteten, und erholte sich.

So verging der Nachmittag. Der Stapel mit den Freikarten wurde kleiner, und allmählich bekam Peter wieder Farbe in die Wangen. Erschöpft setzten sich die drei auf die Eingangsstufen eines Wohnwagens. Er stand ein wenig abseits von den Fahrgeschäften.

In diesem Moment wurde hinter ihnen die Tür aufgestoßen, und ein riesiger Mann stand auf den Stufen. Sein Gesicht war von Narben entstellt.

»He, was soll das? Ihr habt hier nichts zu suchen!«, fauchte er sie an.

Erschrocken sprangen die drei auf und rannten weg. Erst als sie wieder in der sicheren Menge waren, blieben sie stehen.

»Habt ihr das gesehen?«, stammelte Bob. »Das war Mister Horror persönlich.«

Die untergehende Sonne färbte den Himmel blutig rot, und immer mehr Menschen drängten sich auf dem Jahrmarkt. Tausende bunte Lichter zuckten an den Buden und Fahrgeschäften. Peter schenkte zwei kleinen Mädchen die Freikarten für das Kinderkarussell. Sprachlos vor Freude rannten sie davon.

»Das war's. Jetzt haben wir nur noch diese hier übrig«, verkündete er. »›Freier Eintritt in den Gruselgarten. Willkommen im Reich des Schreckens.‹ Keine Ahnung, was das sein soll.«

»Gruselgarten hört sich gut an«, entschied Justus. »Ich bin gespannt, was uns da erwartet. Los, lasst uns das angucken!« Peter und Bob widersprachen ihm nicht.

Wenig später standen sie vor einem großen Torbogen. Links und rechts brannten Fackeln in einem merkwürdig bläulichen Licht. Auf der Spitze des Bogens prangte ein riesiger Totenkopf und darunter stand in blutroter Farbe geschrieben: ›Fremder, überlege dir deine nächsten Schritte gut. Denn dies ist das Tor zur Hölle.‹

WC

Höllentor

»Also, ich würde gern noch mal überlegen«, murmelte Peter vor sich hin. Doch Justus und Bob schienen nichts gehört zu haben. Entschlossen gingen sie unter dem Torbogen hindurch. Die Frau im Kassenhäuschen blickte mürrisch auf die drei ???, als sie die Freikarten entgegennahm.

Sie mussten durch einen dunklen Gang, der auf einem großen Platz endete. Überall brannten Fackeln, und ringsum waren verschiedene Buden aufgebaut. Dicht an dicht standen Grillstände, Tombolas, Gewinnbuden und vieles mehr. Man konnte nur durch den Torbogen auf den Platz gelangen. In der Mitte befand sich ein Galgen.

»Alles aus Pappe«, lachte Justus. »Sieht aus wie eine schlechte Filmkulisse aus dem Mittelalter.«

Sie stürzten sich in das Gewühle. Am Rand stand eine Menschentraube und reckte neugierig die Hälse. Die drei ??? drängelten sich hindurch und sahen auf einen Mann mit einer schwarzen Ledermaske. In der Hand hielt er eine brennende Fackel. Plötzlich fauchte er mit aller Kraft in die Flammen, und eine Feuersäule schoss in den dunklen Himmel.

»Feuerschlucken kann mein Vater auch«, bemerkte Peter trocken. »Macht er aber nicht mehr. Dafür muss man vorher den ganzen Mund voll Petroleum nehmen. Er sagt, dass man den ekligen Geschmack noch tagelang auf den Lippen hat.« Peters Vater arbeitete als Trickexperte beim Film in Hollywood.

Doch die Menschenmenge war begeistert. Als Zugabe strich der Feuerschlucker die brennende Fackel noch über den Unterarm und löschte sie schließlich zischend auf seiner Zunge.

»Den Trick kannte ich bisher auch noch nicht«, musste Peter eingestehen.

Die Menge löste sich auf, und der Maskenmann sammelte die Münzen aus dem Eimer.

Plötzlich schallte eine Lautsprecherstimme über den Platz: »Hereinspaziert, meine Damen und Herren. Willkommen im Reich des Grauens. Kommen

Sie und lernen Sie das Fürchten. Die Attraktion im Gruselgarten. Besuchen Sie unser Geisterlabyrinth! Monster, Mumien, merkwürdige Gestalten. In wenigen Minuten ist wieder Einlass. Gänsehaut und Schaudern garantiert.«

Die Stimme kam von der anderen Seite des Platzes. Auf einer kleinen Bühne stand ein Mann im dunklen Umhang und redete ununterbrochen. Dazu machte er große Gesten.

»Das will ich mir angucken!«, rief Justus. »Ist schließlich im Preis mit drin.« Peter und Bob liefen ihm hinterher.

Vor einer hohen Kulisse versammelten sich die Besucher. Der Eingang zum Geisterlabyrinth war ein aufgesperrtes Drachenmaul, aus dem übel riechender Dampf herausströmte. Justus vergaß seinen Hunger. Dann wurden die drei ??? von einem Strom von drängelnden Körpern hineingetrieben.

»Wir treffen uns am Galgen!«, rief Justus seinen beiden Freunden noch zu, dann verloren sie sich aus den Augen.

Peter wollte die Gunst der Stunde nutzen, und er versuchte, den Rückweg anzutreten. Er hatte überhaupt keine Lust, zwischen Monstern und Mumien herumzulaufen. Doch er wurde einfach von der Masse mitgeschoben.

Zunächst führte der Weg über eine steile Treppe nach oben. Es war stockdunkel. Aus den Lautsprechern dröhnte unheimliches Grollen. Gerade als sich Peters Augen an die Dunkelheit gewöhnten, zuckten grelle Blitze über seinen Kopf hinweg. Die Menge schrie und freute sich. Dann sprang plötzlich ein Gorilla zwischen den Besuchern umher

und packte kreischende Frauen an den Schultern. Man konnte aber sofort sehen, dass sich in dem schäbigen Gorillakostüm ein Mensch befand. Es sah so lächerlich aus, dass nicht einmal Peter Angst bekam.

Bob hatte, als er vor wenigen Minuten an den Affenmenschen vorbeigedrückt worden war, auch

nur milde gelächelt. Plötzlich zischte es laut von allen Seiten. Druckluft zerzauste den verschreckten Besuchern die Haare.

Bob hielt seine Brille fest, und aus dem Hintergrund hörte man ein höllisches Lachen. Dann erschienen mehrere Werwölfe aus Pappmaché, Hexen, die auf ihren Besen durch die Luft jagten, und ein glibberiger Außerirdischer mit einem Hustenanfall. Justus war der Erste, der in einen großen runden Raum gelangte. Eine grinsende Mumie grabschte noch vereinzelt nach erschrockenen Männern und Frauen, dann geschah nichts mehr. In der Menge erkannte Justus Bob, als dieser gerade den Raum betrat.

»He, hier bin ich, Bob! Wo ist Peter?«

»Hier bin ich.« Peter war froh, seine Freunde wieder zu sehen.

Der Raum war hell mit Neonlicht ausgeleuchtet. Die Letzten drängten sich herein, und hinter ihnen fiel krachend eine Tür zu. Nichts passierte. Nach einigen Minuten fingen die Ersten an zu murren und suchten den Ausgang.

Ein älterer Herr mit Bart klopfte mit seinem Gehstock gegen die Wände und machte seinem Ärger Luft. »So, jetzt reicht es aber. Erst diese lächerlichen Pappkameraden und jetzt das hier. ›Hier lernen Sie das Fürchten‹ … ich lach mich tot. Hallo! Machen Sie sofort die Tür wieder auf!«

Viele der Besucher stimmten mit ein. Keiner hatte Lust, noch länger in diesem Raum abzuwarten. Die drei ??? guckten gelangweilt an die Decke. Der ältere Herr regte sich immer mehr auf. »Das ist eine Frechheit. Da zahlt man gute Dollar und dann so etwas.« Die Menge war auf seiner Seite. Sie pfiffen und ärgerten sich über das Eintrittsgeld.

Der ältere Herr hatte mittlerweile einen purpurroten Kopf. »So eine Schweinerei! Von wegen Fürchten lernen! Ich will mein Geld zurück!«

Plötzlich stockte sein Atem. Er riss die Augen weit auf. Mit einer Hand löste er die Krawatte, griff sich schmerzverzerrt in den Nacken und zog etwas Langes, Dünnes und Zuckendes unter dem Hemd hervor.

»Ahh, mich hat diese Schlange gebissen …!«, brüllte er und warf sie in die Menge. Eine Frau kreischte entsetzt und stolperte gegen die Wand. Dann begann der Mann zu röcheln und sackte stöhnend zu Boden.

Das war zu viel. Die Besucher schrien im Chor und rannten wild umher. Peter stand kreidebleich neben Bob und starrte auf den Mann.

Nur Justus beugte sich langsam nach unten, knetete mit Daumen und Zeigefinger seine Lippen, streckte dann seine Hand aus und hob die regungslose Schlange auf. Seine beiden Freunde konnten es nicht fassen. Nun ging er auf den alten Mann zu und steckte ihm das Reptil in die Jackentasche. »Schönes Spielzeug. Aber leider alles aus Plastik.«

Augenblicklich war es still, und Peter und Bob blickten Justus ehrfürchtig an. Plötzlich stand der Alte auf, zog sich den Bart vom Gesicht ab und lachte in die Menge. Es war der Mann mit dem dunklen Umhang und dem Mikrofon.

»Ja, meine Damen und Herren, der Bengel hat recht. Die Welt des Grauens ist die Welt der Fantasie. Ich sagte, ich werde Ihnen das Fürchten beibringen. Ich hoffe, das ist mir gelungen. Beehren Sie uns bald wieder!«

Er verbeugte sich und stieß eine große Tür auf. Die Menge lachte befreit auf und applaudierte.

»Just, woher hast du gewusst, dass die Schlange nicht echt ist?«, fragte Bob beim Hinausgehen.

»Die Schlange, die ihn gebissen haben soll, war keine Schlange.«

»Was dann?«, fragte Bob neugierig. Justus ließ sich mit der Antwort viel Zeit. »Das war eindeutig ein Seeaal aus Gummi.«

Zufallsbegegnung

Der Schrecken war schnell vergessen, und den drei ??? knurrte langsam der Magen. In einer der Buden wurden riesige Steaks auf Holzkohle gegrillt, und Justus fühlte sich von dem Geruch magisch angezogen. Er zwängte sich durch die Menge und trat dabei einer Dame versehentlich kräftig auf den Fuß.

»Kannst du nicht aufpassen!«, beschwerte sie sich erbost.

Justus sah zu ihr auf und konnte es kaum glauben. »Tante Mathilda? Was machst du denn hier?«

»Das Gleiche wollte ich dich auch gerade fragen«, entgegnete seine Tante überrascht. Neben ihr stand Onkel Titus und grinste.

Justus' Tante musste jetzt auch lächeln. »Also, das nenn ich aber einen Zufall. Dein Onkel und ich hatten anscheinend die gleiche Idee wie ihr.« Dann gab sie Justus einen dicken Kuss auf die Stirn. Er hasste es, wenn sie es vor seinen Freunden tat. Dennoch war Tante Mathilda die liebste Tante der Welt.

Bei ihr und Onkel Titus fühlte sich Justus fast so zu Hause wie bei seinen richtigen Eltern. Diese waren bei einem Unfall ums Leben gekommen, als er fünf Jahre alt war.

»Aber komm mir nicht zu spät zurück!«, ermahnte sie ihn. »Bald fängt die Schule wieder an, und da musst du ausgeschlafen sein.«

Justus nutzte die Gunst der Stunde. Sein Gesicht verzog sich zu dem eines bettelnden Hündchens. »Tante Mathilda, auch Hunger beeinträchtigt die Konzentration.« Das eine Auge blickte auf seine Tante, das andere schielte auf die Grillbude.

Onkel Titus verstand den Wink. »Verstehe, die Herren haben leere Bäuche.«

Justus zwinkerte seinen beiden Freunden zu, als Onkel Titus nach seinem Portemonnaie griff. Doch plötzlich tastete er nervös seine Taschen ab.

»Mathilda, hast du nicht meine Geldbörse?«

»Unsinn. Du hast doch vorhin bezahlt!«

»Ich versteh das nicht. Ich stecke sie immer hier in mein Jackett. Guck, absolut nichts mehr drin.«

Onkel Titus schien verzweifelt. In diesem Moment drängten zwei verkleidete grüne Kobolde durch die Menge.

Anscheinend gehörten sie zum Gruselgarten. Sie schnitten Grimassen und sprangen fröhlich zwischen den Besuchern umher. Einer nahm Onkel Titus an die Hand und tanzte um ihn herum. Doch dieser hatte im Moment überhaupt kein Verständnis für solche Scherze. Als sie wieder fort waren, kratzte er sich niedergedrückt am Kopf.

»Ich wette, mir ist das Portemonnaie im Gedränge in diesem Geisterlabyrinth aus der Tasche gefallen.« Anscheinend hatten die beiden eine Vorstellung vor den drei ??? besucht.

»Lass mich mal nachschauen!«, Tante Mathilda wühlte in den Taschen des Jacketts, und plötzlich strahlte sie über das ganze Gesicht.

»Titus, du wirst alt. Das Portemonnaie war die ganze Zeit hier drin.« Ihr Mann nahm es entgegen.

»Wie kann das angehen? Ich habe mindestens dreimal nachgeschaut. Was soll's. Anscheinend ist alles noch drin. Geld, Ausweis und meine Scheckkarte. Jungs, darauf gebe ich einen aus. Hier habt ihr jeder fünf Dollar.«

Überglücklich nahmen Justus, Peter und Bob das Geld in Empfang.

»Und vergiss nicht, Justus! Komm nicht zu spät nach Hause!«, mahnte Tante Mathilda im Weggehen. Doch der war schon längst auf dem Weg zum Grillstand.

Kurze Zeit später hielt er ein riesiges Steak mit Toastbrot in der Hand. »Hast du keinen Hunger?«, fragte er Bob mit vollem Mund.

Dieser schüttelte den Kopf. »Ich spar mir das Geld auf. Vielleicht gibt es hier noch was Interessantes zu kaufen.«

Peter schloss sich Justus an und biss kurz darauf hungrig in einen Monster-Hotdog.

Langsam leerte sich der Platz, und die meisten Besucher machten sich auf den Heimweg. Müde schlenderten auch die drei ??? zum Ausgang.

Satt und zufrieden kickte Justus eine leere Coladose vor sich her: »Dann hat sich der Ausflug ja gelohnt. Erst die ganzen Freikarten und dann noch Bargeld von Onkel Titus.

Merkwürdig war das schon mit der verschwundenen Brieftasche. Aber wahrscheinlich wird man im Alter tatsächlich schusselig. Hoffentlich werden wir nicht auch so.«

Seine beiden Freunde hofften das auch.

Bob blieb plötzlich stehen und sah auf einen kleinen Wohnwagen am Rande des Platzes. »Ich glaube, ich weiß, was ich mit meinem Geld mache«, sprach er geheimnisvoll.

An dem Wohnwagen war ein Schild angebracht und darauf stand mit goldener Schrift: ›Madame Vandorra. Wahrsagen, Hexerei und weiße Magie.‹

»Du willst doch nicht für so einen Blödsinn Geld ausgeben?«, lachte Peter.

Doch Bob schien sich entschlossen zu haben. »Wenn ihr keine Lust habt, könnt ihr ja draußen warten. Ich wollte mir schon immer die Zukunft voraussagen lassen.« Zielstrebig ging er auf den Wagen zu. Peter und Justus folgten ihm.

Blick in die Zukunft

Der Wagen war reich verziert mit Holzschnitzereien. Über der Tür waren zwei überkreuzte Hasenpfoten angenagelt. Bob stieg drei knarrende Stufen zur Tür hinauf und packte entschlossen den schweren Türklopfer aus Metall. Er dreht sich noch einmal zu seinen Freunden um, dann pochte er dreimal laut gegen die Holztür. Kurz darauf öffnete sich über dem Türklopfer eine kleine Klappe. In der Dunkelheit sah man dahinter zwei Augen aufblitzen.

»Was wollt ihr?«, zischte eine raue Frauenstimme.

»Wir wollen uns die Zukunft voraussagen lassen«, antwortete Bob schon etwas unsicherer.

»Habt ihr Geld?«

»Haben wir.«

Die Klappe wurde wieder verschlossen, und Madame Vandorra öffnete die Tür. »So, kommt rein! Bald ist Feierabend.«

Die drei ??? wurden in einen kleinen Raum geführt. Überall schwebten leichte Stoffe von der Decke, und ein süßlicher Geruch strömte in die Nase. An den Wänden hingen tropfende Kerzen, die schummriges Licht und gespenstische Schatten auf die Gesichter warfen. Auf dem Boden lagen große Kissen. Die Wahrsagerin deutete darauf, und Justus, Peter und Bob setzten sich zögernd. Madame Vandorra nahm schwungvoll in einem schweren Sessel Platz. Unter ihr jaulte ein schwarzer Kater auf. Sie packte ihn am Nacken und warf ihn auf einen Berg aus dreckiger Wäsche. »Ramon, du Mistvieh! Das ist mein Sessel. Geh und fang Ratten!« Mit einem großen Satz sprang der Kater in den hinteren Teil des Wagens.

»So, kommen wir erst zum Geschäftlichen. Ein Blick in meine Kristallkugel und weiße Magie kosten pro Mann zwei Dollar. Für alle zusammen nur fünf.« Bob nickte.

»Gut, dann wollen wir mal. Fangen wir mit dem Dicken an.« Justus war empört, als sie ihn anguckte.

»So, lass mich in deine Zukunft blicken, mein Junge. Oh ja … die Kugel zeigt es mir. Es gibt keinen Zweifel. Dunkle Wolken ziehen über dir herauf. Die nächste Zeit wird nicht leicht werden für dich.« Justus dachte an die Schule. In zwei Tagen waren die Ferien vorbei. Dann putzte sich die Wahrsagerin lautstark die Nase.

»Nun zu dem Langen.« Peter schreckte hoch. »Ich sehe, ich sehe … oh ja, du wirst dich schon bald verlieben. Eine holde Maid ist auf dem Weg zu dir. Und im tiefsten Inneren weißt du, wer sie ist.« Peter wurde knallrot. Verstört sah er auf seine beiden Freunde und schüttelte heftig den Kopf.

Anschließend warf Madame Vandorra ihre langen schwarzen Haare nach hinten und zeigte auf Bobs Brille. »Kommen wir nun zu Glasauge. Unwahrscheinlicher Reichtum wird auf dich niederprasseln. Doch dafür brauchst du Mut und Entschlossenheit. Das war's. Macht fünf Dollar.«

Bob hielt in seiner Hand die Banknote fest. »Aber was ist mit der weißen Magie?«, fragte er mutig.

»Ach ja, die hab ich vergessen. Nun, dann werde ich euch Jungs mal was zeigen.« Sie kramte in einer schwarzen Holzkiste neben dem Sessel. Dann zog sie ein kleines Ledersäckchen heraus. »Dieses Beutelchen hat noch niemals einer vor euch zu Gesicht bekommen. Hier drin ist die gewaltigste Magie des ganzen Erdballs vereint.« Bob starrte mit großen Augen auf den Beutel.

»Es ist die Macht über die Elemente, der Schlüssel zum Glück und die … äh, hab ich jetzt vergessen. Egal. In diesem Beutel ist das Pulver, das aus Blei Gold macht.« Bob streckte die Hand aus.

»Nicht so schnell, Jungchen. Ich hab gesagt, ich zeige euch weiße Magie. Kein Mensch sprach davon, dass ich sie euch überlasse.«

Justus betrachtete den Beutel. »Und warum benutzen Sie nicht selbst das Pulver?«, fragte er.

»Gute Frage, Kleiner. Ich darf es einfach nicht. Hexengesetz.« Peter und Justus grinsten sich an. Nur Bob starrte immer noch auf das magische Pulver. Er war wie hypnotisiert.

»Und was kostet der Beutel?«, flüsterte er.

Madame Vandorra legte ihm die Hand auf die Schulter. »Ich sehe, du bist ein Fachmann. Das einzigartige Beutelchen, und ich betone einzigartig, denn es existiert nur einmal auf der Welt, kostet dich lächerliche weitere fünf Dollar. Und das Beste ist: Ich garantiere dir, dass es funktioniert. Wenn nicht, kommst du vorbei und tauschst es einfach um. Ist das nichts?«

Bob schien das zu überzeugen. »Seht ihr, man geht überhaupt kein Risiko ein!«, rief er freudig.

Peter schlug sich gegen die Stirn. »Bob, wie sollte

aus Blei Gold werden? Die will dich mit dem Pulver total besch…« Er sprach nicht weiter, denn böse funkelten die Augen von Madame Vandorra ihn an. Ihre langen Fingernägel trommelten auf der Kristallkugel.

Doch Bob schien sich bereits entschieden zu haben. »Ich weiß gar nicht, was ihr habt. Wir probieren das aus, und wenn es nicht klappt, bekommen wir morgen unser Geld zurück.«

Die Wahrsagerin strahlte. »Siehst du, Jungchen.

Vertrau mir. Einfach Blei in ein Wasserglas legen. Pulver einrühren, fertig.« Bob war nicht abzubringen. Justus und Peter mussten ihm sogar ihr restliches Geld leihen. Dann legte Bob der Frau insgesamt zehn Dollar in die ausgestreckte Hand.

»Eine weise Entscheidung, eine sehr weise Entscheidung«, säuselte sie, als die drei ??? den Wagen wieder verließen.

Der Platz hatte sich mittlerweile vollständig geleert. Die Feuer waren erloschen, und gespenstisch stand der Galgen im Mondlicht.

Bob musste sich auf dem Rückweg noch einiges von seinen Freunden anhören.

»Wartet ab. Wir treffen uns morgen in der Kaffeekanne. Justus, bring du ordentlich Blei vom Schrottplatz mit. Ich besorge den Rest.«

Wenig später lagen alle in ihren Betten. Peter wälzte sich noch eine Weile unruhig hin und her. Er dachte an die holde Maid, die ihn schon bald besuchen sollte. In der Schule küssten sich immer einige vor den Klassenräumen. Er war froh, dass er erst zehn Jahre alt war, und so sollte das am besten auch bleiben.

Bob lag noch lange wach und stellte sich vor, wie er bergeweise vergoldete Bleiplatten übereinanderstapelte. Auf seinem Nachttisch lag das kleine Ledersäckchen.

Justus hatte schon wieder Hunger.

Goldene Experimente

Am nächsten Morgen trottete Justus müde die Treppen hinunter. In der Küche saßen Tante Mathilda und Onkel Titus beim Frühstück. Sie schienen die Geschichte mit dem Portemonnaie immer noch nicht vergessen zu haben.

»Titus, wo soll das noch hinführen, wenn du so durcheinander bist. Beim nächsten Mal läufst du mir noch ohne Hose aus dem Haus.« Tante Mathilda schüttelte verständnislos den Kopf und nahm ihrem Mann den Kaffee weg. »Und das hört mir auch auf. Kaffee ist nicht gut für dein Herz und dein Hirn. Ab sofort gibt es Hagebuttentee für dich!«

Onkel Titus schwieg. Er wusste, dass er gegen Tante Mathilda nicht ankommen konnte.

»Guten Morgen!«, rief Justus. Sein Onkel war froh, dass das Thema jetzt wechselte.

»Guten Morgen, Justus. Na, habt ihr das Geld auf den Kopf gehauen?«

Justus schüttete sich einen großen Teller voll mit Cornflakes. »Und wie wir es auf den Kopf gehauen haben, Onkel Titus. Du würdest es nicht glauben, wenn ich es dir erzählen würde. Apropos, liegt zwischen dem Schrott irgendwo auch Blei herum?«

Onkel Titus legte die Zeitung beiseite. »Wertstoffe, Justus. Wertstoffe.« Er war jetzt wieder in seinem Element. »Es gibt keinen Schrott. Alles kann wieder verwendet werden. Was heute noch eine alte Waschmaschine ist, wird morgen zum Handy. Ein ewiger Kreislauf der Elemente.«

Justus goss Milch in seinen Teller. »Und kann es auch passieren, dass ein Element zu etwas anderem wird?«

»Wie meinst du das?«, fragte sein Onkel nach.

»Na ja, kann sich ein Rohstoff irgendwie verändern?«

»Natürlich. Aus Erdöl wird plötzlich ein Joghurtbecher. Aus Eisen wird Stahl, und aus Sand wird Glas.«

Justus blickte aus dem Fenster auf den Schrottplatz. »Und kann man aus Blei Gold machen?«

Onkel Titus verschluckte sich fast an seinem Tee. »Aus Blei Gold? Ja, das wäre was. Dieser Traum ist so alt wie die Menschheit. Tausende von Alchimisten und Chemikern haben das versucht. Es gab Zaubersprüche, Formeln, komplizierteste Versuche – geschafft hat es bisher keiner. Aber wer weiß, vielleicht gelingt es irgendwann doch noch jemandem. Schließlich ist aus meinem Kaffee auch mir nichts, dir nichts Hagebuttentee geworden.«

Eine halbe Stunde später trafen Justus und Peter gleichzeitig an der Kaffeekanne ein. Bob war schon lange vor ihnen da. »Just, hast du das Blei mit?«, fragte er aufgeregt.

»Natürlich. Ich habe von meinem Onkel ein altes Wasserrohr aus Blei abstauben können. Aber willst du diesen Blödsinn wirklich ausprobieren?«

Bob sagte gar nichts. Er schnappte sich das Bleirohr und kletterte eilig die Stufen zur Kaffeekanne hoch. Justus und Peter folgten ihm. Auf der Holzkiste stand bereits eine mit Wasser gefüllte Glasschüssel. Daneben lag der Beutel mit dem Pulver. Mit einem Messer schnitt er ein Stück von dem Bleirohr ab und hielt es über die Glasschüssel.

»Werdet Zeugen des letzten großen Experiments der Menschheit!«, sagte er feierlich. Seine beiden Freunde schüttelten den Kopf.

»Und was ist, wenn es klappt?«, unterbrach ihn Justus. »Dann kann jeder so viel Gold machen, wie er will. Und wenn jeder es kann, ist Gold bald genauso wenig wert wie Blei.«

»Es kann aber nicht jeder, denn nur wir haben das Pulver«, entgegnete Bob. Da konnte ihm keiner widersprechen.

Vorsichtig rührte Bob das graue Pulver in die Glasschüssel. Das Stück Blei lag regungslos am Boden. Plötzlich verfärbte sich das Wasser dunkelblau, und kleine Bläschen stiegen empor. Begeistert rührte Bob mit einem Löffel in der Flüssigkeit. Jetzt beugten sich auch Justus und Peter über die Schüssel. Bob rührte wie wild, während Peter Justus einen zweifelnden Blick zuwarf.

»Pass lieber auf, sonst fliegt uns das Zeug noch um die Ohren«, gab Peter zu bedenken. »Wer weiß, was die Alte uns da angedreht hat.«

Bob schüttete den ganzen Rest aus dem Beutel in das Gefäß. Jetzt begann es, stark zu blubbern und, blauer Dampf quoll aus der Schüssel. »Na, was sagt ihr jetzt?«, frohlockte er.

Dann gab es einen gewaltigen Knall.

Die Schüssel zerplatzte, und die Flüssigkeit spritzte bis zur Decke der Kaffeekanne. Alles war blau eingefärbt. Auf dem Boden lag das Bleirohr. Es hatte nicht einmal einen Schimmer von Gold.

Die drei saßen wortlos nebeneinander. Enttäuscht wischte sich Bob das Gesicht mit seinem T-Shirt sauber und schmiss danach wütend das Stück Blei gegen die Wand.

»Die kann was erleben!«

Tauschgeschäfte

Es waren noch keine Besucher auf dem Jahrmarkt, als die drei ??? dort eintrafen. Während der Fahrt hatten sie nicht ein Wort miteinander gewechselt. Bob ärgerte sich maßlos darüber, dass er der Wahrsagerin so blindlings vertraut hatte. Und dass er das vor seinen Freunden eingestehen musste, machte ihn rasend.

»Lasst uns keine Zeit verlieren, wir gehen direkt zu dieser Madame, holen uns das Geld zurück und betreten diesen Platz nie wieder.«

Doch so einfach, wie Bob sich das vorstellte, sollte es ihnen nicht gemacht werden.

Das Kassenhäuschen vor dem Eingang des Gruselgartens war noch nicht besetzt, und so schritten die drei, ohne zu bezahlen, durch den großen Torbogen. Zielstrebig ging Bob auf den Wohnwagen der Wahrsagerin zu, riss die Tür auf und verschwand im Inneren. Justus und Peter kamen vorsichtig hinterher und lugten durch den Türrahmen.

»Sie scheint nicht da zu sein«, flüsterte Peter. Er trat einen Schritt zurück. Doch ehe er die Stufen wieder hinabsteigen konnte, hatte ihn Bob schon gepackt und zog ihn mit hinein.

Justus folgte. »Bob, jetzt ist langsam genug. Dass du sauer bist, kann man ja verstehen, aber wir haben dich die ganze Zeit vor dem Blödsinn gewarnt. Das Geld sehen wir nie wieder. Wenn wir jetzt auch noch in fremden Wohnwagen rumschnüffeln, kriegen wir richtigen Ärger.« Peter nickte zustimmend. Doch Bob war schon damit beschäftigt, die schwarze Kiste neben dem Sessel zu untersuchen.

»Da! Hab ich mir doch gedacht. Die Kiste ist randvoll mit den wertlosen Beuteln.« Triumphierend hob er einige davon in die Luft und hielt sie seinen beiden Freunden unter die Nase. »Na, was sagt ihr nun?« Er wunderte sich, dass Justus und Peter sich nicht besonders für seinen Fund interessierten. Im Gegenteil – sie blickten erschrocken an ihm vorbei und wichen langsam zurück.

»Was ist los? Wir haben hier einen klaren Fall von Betrug aufgedeckt. Ich bin mal gespannt, was die feine Dame dazu sagt.«

»Dazu sagt die feine Dame: Wenn du nicht sofort hier verschwindest, hole ich die Polizei und zeige euch an, wegen Hausfriedensbruch!«

Bob riss den Kopf herum und blickte direkt in die grünen Augen von Ramon. Der Kater lag zufrieden in den Armen der Wahrsagerin.

Madame Vandorra stand breitbeinig im Raum. Im Mund hatte sie eine dicke Zigarre, und die Lockenwickler hingen drahtig in ihren Haaren. Der Kater langte mit der Pfote nach Bob und fauchte siegessicher. Doch in diesem Moment gingen Justus und Peter gleichzeitig einen Schritt nach vorn und stellten sich links und rechts neben ihrem Freund auf.

»Wir werden auch gleich wieder verschwinden«, begann Justus mutig. »Vorher wollen wir dieses Säckchen abgeben und unser Geld zurückhaben.«

Die Wahrsagerin schien einen Moment irritiert. Doch dann hob sie die Arme in die Luft und begann, lauthals zu lachen. Ramon fiel unvorbereitet auf den Boden und verkroch sich zwischen zwei Müllbeuteln.

»Geld zurück? Hab ich richtig gehört, Jungchen? Ihr wollt Geld zurück? Wie kann man nur so dumm sein. Lernt ihr nichts in der Schule? Ich sprach gestern nicht von Geld zurück, ich sprach von Umtausch. Natürlich könnt ihr den Beutel umtauschen. Hier nehmt diesen, oder auch diesen … Und wenn der auch nicht funktioniert, kommt ihr morgen wieder und tauscht ihn noch mal um. Ich lach mich tot!« Die Frau konnte sich kaum wieder beruhigen. Bevor einer der drei etwas sagen konnte, sprang im hinteren Teil des Wohnwagens eine Tür auf.

»Was ist hier los, Elvira? Kann man in dieser verlausten Bude denn nicht mal ausschlafen?« Im Gang stand ein unrasierter Mann im dreckigen Unterhemd und kratzte sich am Kopf.

Die Wahrsagerin hatte sich immer noch nicht beruhigt. »Ob du es glaubst oder nicht, Pablo. Die Bengels hier wollen doch tatsächlich ihr Geld zurück. Als Kinder waren wir nicht so blöd, oder?« Dann krächzten beide vor Lachen um die Wette. Die Lockenwickler lösten sich und hingen der Wahrsagerin quer vor dem Gesicht. Für die drei ??? schienen sie sich nicht mehr zu interessieren.

»Kommt, lasst uns verschwinden. Das Geld können wir abhaken«, entschied Justus. Enttäuscht gingen sie wieder auf den Platz und setzten sich in eine ruhige Ecke.

Der Gruselgarten hatte mittlerweile geöffnet, und langsam kamen die ersten Besucher. Der Mann vor dem Geisterlabyrinth begann wieder, Kunden hineinzulocken. Bob blickte enttäuscht auf den Boden.

»Das Ganze hier ist nur Nepp. Und ich Idiot falle noch darauf rein. Die Kohle bekommt ihr natürlich von mir zurück. Ich werde bei Onkel Titus eine Extraschicht Schrottsortieren einlegen.«

Seine beiden Freunde schüttelten die Köpfe. »Unsinn. Hätte ja auch funktionieren können mit dem Gold. Bisher ist noch nicht das Gegenteil bewiesen worden«, tröstete ihn Peter.

Als sie auf dem Rückweg wieder an dem Wohnwagen vorbeigingen, öffnete daneben gerade eine der vielen anderen Buden. Große Holzklappen wurden von innen zur Seite gedrückt, und ein unrasierter Mann erschien dahinter.

»Das ist der Kerl von eben«, flüsterte Peter.

Der Mann hatte die drei erkannt und begann, sofort wieder zu lachen. »Da seid ihr ja immer noch. Was ist, wollt ihr bei mir ein Spielchen wagen? Hier gibt es viel zu gewinnen. Und wenn es euch nicht gefällt ... macht nichts. Tauscht ihr es einfach um.«

Hinter einem Tresen standen Plüschtiere, Zinnbecher und haufenweise kitschiges Zeug. Gut gelaunt hielt der Mann ihnen drei tellergroße Drahtringe entgegen. »Aufgepasst und zugefasst. Drei

Wurf einen halben Dollar. Schmeiß die Ringe und gewinne. Was ist, Kameraden?«

Angewidert blickte Bob auf den Plunder. »Bloß weg hier, sonst wird mir schlecht«, murmelte er.

Doch diesmal schien Justus sich für die Gewinne zu interessieren. Der Mann bemerkte es und setzte sich eine dunkle Sonnenbrille auf. »Ah, ich sehe, ich habe es mit einem Profi zu tun. Glaubt mir, hier geht alles mit rechten Dingen zu. Ich schwöre, beim Schnurrbart meiner toten Großmutter: Alles, worüber du den Ring wirfst, ist dein. Mein Ehrenwort.«

Bob war fassungslos. »Spinnst du, Just? Der betrügt genauso wie seine Elvira!«, zischte er.

»Hör nicht auf die beiden! Vertrau mir!«

Diesmal schlugen sich Peter und Bob an die Stirn, als Justus entschlossen in seine Hosentasche griff.

»Ich hätte dann gern drei Wurf, Mister.«

Zielwerfen

Breit grinsend nahm der Mann das Geld und ließ es in einem speckigen Portemonnaie verschwinden. Bob versuchte, Justus ein letztes Mal von seinem Vorhaben abzubringen. »Just, das hier sind alles Gauner. Was ist los mit dir? Egal was du triffst, er wird es dir nicht geben!«

In diesem Moment wurde Bob von einer tiefen Stimme unterbrochen. »Ich glaube schon, dass Justus seinen Gewinn bekommen wird. Schließlich beobachtet das Auge des Gesetzes alles.« Es war Kommissar Reynolds. Er hatte anscheinend seinen freien Tag und spazierte in ziviler Kleidung mit einer Kollegin über den Jahrmarkt.

»Guten Tag, Kommissar Reynolds«, begrüßten ihn die drei ??? freudig. Sie kannten sich schon aus mehreren Begegnungen. Bei dem Wort Kommissar zuckte der unrasierte Mann zusammen.

Reynolds klopfte Justus lachend auf die Schulter. »Jungs, ich will euch nicht ablenken. Nur zu!«

Der Kommissar liebte es, über Jahrmärkte zu bummeln. Seine Kollegin betrachtete derweil argwöhnisch den Galgen im Hintergrund. »Nachher werde ich es probieren.« Während der Polizist das sagte, flüsterte Justus Peter etwas ins Ohr. Dieser warf daraufhin einen forschenden Blick über die aufgestellten Gewinne. Sein Gesicht erhellte sich, und zielstrebig packte er die drei Ringe. Jetzt standen sie alle direkt vor dem Tresen, und Bob sah seine beiden Freunde ratlos an.

»Also, egal was wir mit dem Ring treffen, danach gehört es uns«, fasste Justus noch einmal die Regeln zusammen.

Der Mann nahm seine Brille ab und hatte plötzlich einen lammfrommen Gesichtsausdruck. »Was soll ich euch noch sagen? Pablo gibt sein Ehrenwort. Oder können diese Augen lügen, Herr Kommissar?«

Reynolds lachte vergnügt und zog eine Tüte Lakritzstäbchen aus seiner Jacke. Pablo trat zur Seite und machte Peter Platz, damit er seine Ringe werfen konnte. Der erste Wurf galt einem kleinen

Hirsch aus Plastik. Doch der Ring prallte an der Figur ab und kullerte auf den Boden.

»Neues Spiel, neues Glück«, lachte Pablo. Beim zweiten Versuch traf Peter besser. Der Ring landete genau über einer mit rosafarbenen Kügelchen gefüllten Nuckelflasche.

Pablo hob verschmitzt die Flasche hoch und überreichte sie Peter. »Bitte schön, der Herr. Ein Mann, ein Wort. Hier ist dein fantastischer Gewinn.«

»Na, super!«, murmelte Bob und schüttelte den Kopf.

Reynolds amüsierte sich prächtig. Vor dem dritten Versuch gab Justus Peter ein Zeichen. Dieser nickte unbemerkt zurück und kniff konzentriert die Augen zusammen. Dann beugte er sich weit vor und warf den Ring außerhalb der aufgestellten Gewinne, direkt neben Pablo. Dort stand auf einem Hocker ein kleines technisches Gerät. Der Ring traf genau darüber.

»Na, das war wohl nichts, mein Junge. Weit daneben«, lachte Pablo und fing an, die Ringe wieder einzusammeln.

Auf diesen Moment hatte Justus gewartet. »Tut mir leid, Mister. Wir sehen uns leider gezwungen, unseren Gewinn einzufordern. Wenn ich also bitten darf!«

Der Mann glotzte Justus verständnislos an. »Was für einen Gewinn? Dein Kumpel hat doch nichts davon getroffen?«

»Oh doch. Der Ring liegt zweifellos direkt über diesem Gegenstand dort auf dem Hocker«, widersprach ihm Justus.

Jetzt schaltete sich Reynolds ein und steckte seine Lakritzstäbchen wieder in die Tasche. »Da muss ich meinem jungen Freund recht geben, Mister. Die Regel besagt es eindeutig.«

Pablo wurde jetzt sichtlich nervös. »Man kann natürlich nur das gewinnen, was hier auf dem Tisch liegt. Das hier ist mein ... äh ... mein kleines Miniradio«, stotterte er.

Der Kommissar ließ nicht locker. »Das wird die Jungs sicher freuen. Und nun stellen Sie sich mal nicht so an. So ein Radio kostet doch nicht die Welt.« Justus und Peter nickten eifrig, und Bob strahlte zum ersten Mal wieder.

Gerade wollte Pablo den letzten Versuch wagen, das Gerät nicht auszuhändigen, als Reynolds ihn energisch unterbrach. »Nun hören Sie auf, den Jungs ihren Gewinn streitig zu machen! Es sei denn, und das sage ich jetzt dienstlich, Sie wollen eine Gewerbeüberprüfung riskieren!« Zerknirscht gab Pablo auf, und blitzschnell schnappte sich Peter das Gerät aus seiner Hand.

Gut gelaunt verließen sie die Gewinnbude, und Justus bedankte sich bei Reynolds. »Wirklich nett von Ihnen. Ohne Ihre Hilfe hätte der nichts rausgerückt.«

»Nicht der Rede wert. Ich bin froh, dass ich euch auch einmal helfen konnte. Und wenn ihr mal wieder in Schwierigkeiten seid, ruft mich einfach an«, lachte der Kommissar und steuerte auf einen Hotdog-Stand zu. Seine Kollegin tippelte auf hohen Absätzen neben ihm her.

Als die drei ??? wieder alleine waren, blickten sie ein letztes Mal zu der Bude. Pablo war damit beschäftigt, die Holzklappen eiligst wieder zu schließen. Neben ihm stand die Wahrsagerin und fuchtelte aufgeregt mit den Händen in der Luft.

»Ich glaube, wir haben in ein Wespennest gestochen«, flüsterte Bob.

Dollarkrise

Sie beschlossen, so schnell wie möglich den Jahrmarkt zu verlassen.

Auf dem Weg zur Kaffeekanne zog Peter das technische Gerät aus seiner Hosentasche. »Das ist nie im Leben ein Radio. Das sieht irgendwie selbst gebaut aus. Komisches Ding.« Die anderen beiden lenkten mit ihren Rädern dicht an ihn heran, um besser gucken zu können.

»Vielleicht ist es eine Art Handy?«, überlegte Bob.

Peter schüttelte den Kopf. Er kannte sich mit technischen Dingen sehr gut aus. »Unmöglich. Ich hab noch nie ein Handy ohne Tasten gesehen.«

Ein paar Meilen später kamen sie bei der Kaffeekanne an. Sie legten das Gerät auf ihre Tischkiste und rätselten. Doch auch nach einer gründlichen Untersuchung blickten sie immer noch ratlos auf das vermeintliche Radio. Es hatte nur einen kleinen Schalter und in der Mitte ein Display.

Peter entdeckte, wie man das Gerät anschalten konnte. »Da, jetzt steht was auf dem Display: ›Lesebereitschaft‹.«

»Lesebereitschaft?«, wiederholte Bob. »Was soll das Ding denn lesen?«

»Vielleicht sollten wir es dem Typen wieder zurückgeben«, schlug Peter vor. Justus und Bob waren über diesen Vorschlag entrüstet.

Es war bereits nach ein Uhr, und die drei ??? kletterten aus ihrer Kaffeekanne. Sie hatten Tante Mathilda versprochen, auf dem Schrottplatz aufzuräumen. Justus war das sehr recht. Denn erstens gab es vorher etwas zu essen, und außerdem steckte Onkel Titus ihnen immer Geld zu – und das konnten sie im Moment dringend brauchen.

Justus war der Letzte, der noch in der Kaffeekanne war. Die anderen beiden standen schon auf dem Boden neben den Stahlsprossen. »Ich pack das Ding lieber in unser Spezialversteck!«, rief Justus nach unten. »Man kann nie wissen.«

Nach dem Essen gab es noch Tante Mathildas hausgemachten Kirschkuchen. Sie hatte in Rocky Beach schon zwei Preise damit gewonnen und hütete das Rezept wie ein Staatsgeheimnis.

Doch mit prall gefüllten Bäuchen war es noch anstrengender, anschließend auf dem Schrottplatz zu arbeiten.

»Was für eine Schufterei«, stöhnte Bob. »Und das alles für ein paar Cents. Die Sache mit dem Gold wäre nicht schlecht gewesen.« Justus und Peter stimmten ächzend zu.

Am Nachmittag kam Onkel Titus aus der Stadt zurück. Er jagte mit seinem Pick-up durch das

Grundstückstor und trat direkt vor der Veranda mit aller Kraft auf die Bremse. Der ganze Platz wurde vom Staub eingenebelt.

»Will dein Onkel Rennfahrer werden?«, wunderte sich Peter. Justus zuckte mit den Schultern. »Keine Ahnung. Der fährt sonst immer wie eine Schlaftablette. Vielleicht muss er mal dringend.«

Tante Mathilda kam wütend auf ihn zugelaufen. »Titus, bist du verrückt geworden? Der ganze Staub in der Luft. Im Garten hängt alles voller Wäsche. Jetzt kann ich wieder von vorn anfangen.«

Onkel Titus schien überhaupt nicht zuzuhören. Hastig sprang er die Stufen vor der Veranda hoch und ließ sich atemlos in einen der Korbstühle fallen. »Mathilda, man hat uns bestohlen. Lies das hier!« Er hielt seiner Frau einen Zettel entgegen. »Das ist ein aktueller Kontoauszug von der Bank. Da sind tausend Dollar abgebucht worden.«

»Tausend Dollar?«, rief Tante Mathilda entsetzt und setzte sich neben ihn. Justus, Peter und Bob kamen neugierig angelaufen.

»Titus, jetzt noch mal ganz in Ruhe. Wer hat wann, wo, was von unserem Konto abgebucht?«

Ihr Mann wischte sich den Schweiß von der Stirn. »Ich weiß es nicht. Anscheinend hat jemand an einem Geldautomaten heute Morgen die tausend Dollar rausgeholt. Guck mich nicht so an, ich war es nicht.«

Tante Mathilda schüttelte den Kopf. »Rede keinen Unsinn. Warum solltest du auch so viel Geld abholen. Da muss ein Fehler bei der Bank vorliegen. Wir fahren sofort noch mal hin!«

Justus blickte auf den Kontoauszug und knetete seine Unterlippe. »Moment mal. Man kann doch nur mit einer Scheckkarte Geld abheben. Und zusätzlich braucht man noch eine Geheimnummer, oder?«

Tante Mathilda nahm ihm den Kontoauszug aus der Hand. »Was du nicht so alles weißt. Aber in diesem Fall muss es auch anders gegangen sein. Ihr räumt den Schrottplatz auf, und Onkel Titus und ich klären das bei der Bank.«

Doch leider ließ sich der Verbleib der tausend Dollar nicht klären. Die Bankangestellten bedauerten den Vorfall, das Geld bekamen Tante Mathilda und Onkel Titus aber nicht zurück. Es blieb ihnen nur noch übrig, bei der Polizei eine Anzeige gegen Unbekannt zu erstatten.

Am Boden zerstört trafen sie wieder auf dem Schrottplatz ein.

»Hallo, ihr beiden, hat sich die Sache aufgeklärt?«, rief ihnen Justus aufgeregt entgegen.

»Nichts hat sich geklärt«, antwortete sein Onkel kraftlos. »Es muss jemand mit meiner Scheckkarte und meiner Geheimnummer zum Geldautomaten gegangen sein. So sagt es die Bank. Aber ich hatte doch die Karte immer bei mir? Ich versteh das nicht. Wäre sie gestohlen worden oder verloren gegangen ... dann hätte ich sie sofort sperren lassen, und niemand könnte mehr an mein Konto. Aber so ...«

Die tausend Dollar waren anscheinend für immer weg, und minutenlang sagte keiner ein Wort. Bob dachte an den Beutel mit dem Pulver, an die zehn Dollar und an den Jahrmarkt. Plötzlich sprang er auf. »Mister Titus, die Scheckkarte war nicht die ganze Zeit bei Ihnen. Gestern im Gruselgarten haben Sie die für einen kurzen Moment vermisst.«

Hausdurchsuchung

Onkel Titus schüttelte den Kopf. »Die Karte war nicht weg. Ich hab mein Portemonnaie nur nicht so schnell gefunden. Und in der kurzen Zeit hätte wohl niemand zur Bank rennen, tausend Dollar abheben und wieder zurücklaufen können. Außerdem ist das Geld heute Morgen abgeholt worden, und ohne Geheimnummer ist das sowieso unmöglich. Du bist auf dem Holzweg, Bob, leider.«

Enttäuscht schwiegen wieder alle, und Onkel Titus starrte erschöpft auf den Boden. Seine Hände zitterten immer noch. Der Schrottplatz brachte gerade mal so viel ein, dass er damit seine Frau und Justus ernähren konnte. Tausend Dollar waren für ihn ein Vermögen.

Die drei ??? beschlossen, zu ihrem Geheimversteck zurückzufahren. Als sie auf ihren Rädern saßen, kam Onkel Titus auf sie zu und wollte ihnen Geld für die verrichtete Arbeit auf dem Schrottplatz zustecken. Doch die drei lehnten ab.

Die Sonne stand mittlerweile flach über dem Pazifik, und tiefrote Wolken leuchteten am Horizont. Wenn man die Stahlsprossen der Kaffeekanne hochkletterte, konnte man diesen weiten Blick genießen.

Peter bemerkte es zuerst. »Sag mal, Justus, hast du die Luke aufgelassen?«

Justus schüttelte den Kopf. Doch Peter hatte richtig beobachtet. Die Einstiegsklappe an der Unterseite hing nach unten, und man konnte direkt in die Kaffeekanne hineingucken.

»Merkwürdig. Was ist, wenn einer hier war?«, überlegte Peter nervös. Es wäre das erste Mal gewesen, denn noch niemand hatte bisher das Geheimversteck der drei ??? ausfindig gemacht.

Vorsichtig steckten sie ihre Köpfe durch die Luke und hatten dann Gewissheit: Alles war umgeworfen, herausgerissen und durchwühlt. Alles, was in der Kaffeekanne aufbewahrt wurde, lag verstreut auf dem Boden.

»Ich glaub es nicht. Das sieht aus wie nach

einem Bombenanschlag!«, rief Bob bestürzt. »So eine Sauerei. Das meiste ist kaputt. Ich möchte mal wissen, wer so etwas macht.«

Die drei ??? brauchten nicht lange nachzudenken. »Pablo . . .!«, riefen sie gleichzeitig.

Justus schob eine Holzkiste von der Wand weg. »Die Sache ist klar. Pablo wollte unbedingt wieder an seinen komischen Kasten kommen. Er schloss schnell seinen Laden zu und verfolgte uns bis hierher.«

»Zu dumm, wir hätten daran denken müssen. Dann brauchte er nur noch zu warten, bis wir weg sind, um dann zuzuschlagen«, fuhr Peter fort.

Justus stand jetzt neben der Kiste. »Und nun wird es spannend. Hat er unser Spezialversteck gefunden oder nicht?« Er stand vor der Wand und schob eine kleine Holzplatte fort. Dahinter befand sich das Versteck. Es war das Rohr, mit dem die alten Loks mit Wasser befüllt wurden. Bis zur Schulter griff er hinein und zog das merkwürdige Gerät heraus. »Eins zu null für uns«, grinste er.

Man konnte in der Kaffeekanne kaum noch etwas sehen, und so untersuchten sie es mit ihren unversehrten Taschenlampen zum zweiten Mal.

»Wir müssen irgendetwas übersehen haben«, ärgerte sich Peter und schüttelte den Kasten. Doch wie sie sich auch bemühten, sie konnten dem Gerät nicht sein Geheimnis entlocken.

»Vielleicht sollten wir das Ding einfach bei der Polizei abgeben, die schnappen sich dann Pablo, und der Fall ist erledigt«, schlug Peter vor.

Bob war dagegen. »Pablo wird denen bestimmt nicht erzählen, was es mit dem Kasten auf sich hat. Am Ende bekommt er ihn noch zurück und lacht sich kaputt über uns.«

Justus knetete wieder einmal mit Daumen und Zeigefinger seine Unterlippe. »Gar keine schlechte Idee. Wir sollten ihn tatsächlich Pablo wiedergeben.« Seine beiden Freunde sahen ihn erstaunt an.

Justus fuhr fort. »Mit diesem Gerät wird garantiert irgendetwas Kriminelles gemacht, sonst würde sich kein Mensch so dafür interessieren. Wenn wir es behalten, werden wir gar nichts rausfinden. Erst wenn Pablo es wieder in den Händen hält, kann er uns zeigen, wie man damit umgeht.«

»Der wird uns das bestimmt liebend gern freiwillig demonstrieren«, spottete Bob.

»Natürlich macht er das nicht freiwillig. Wir müssen ihn beschatten.«

»Beschatten?«, wiederholte Peter. »Sollen wir uns etwa bei Madame Vandorra unter der dreckigen Wäsche verstecken?«

Justus beruhigte ihn. »Unsinn. Wir werden ganz unauffällig im Gruselgarten umhergehen. Ich bin mir sicher, dass wir interessante Entdeckungen machen werden.

»Ich weiß nicht. Mir gefällt das nicht besonders«, stöhnte Peter.

Bob war aber anscheinend auf Justus' Seite. »Ich finde, dass wir tatsächlich nicht viel verkehrt machen können. Und außerdem, morgen ist schon der letzte Tag auf dem Jahrmarkt. Danach sind die alle auf und davon. Wir gucken eine halbe Stunde in die Menge, und dann gehen wir zur Polizei. So oder so.« Schließlich ließ Peter sich überreden.

»Kann überhaupt nichts passieren«, lachte Bob aufmunternd beim Hinausklettern.

Dann fuhren sie gemeinsam durch die Dämmerung.

Freie Auswahl

Auf dem Jahrmarkt herrschte inzwischen Hochbetrieb. Bunte Lichter und Scheinwerfer kreisten zu lauter Musik. Die Waggons der Loopingbahn donnerten über die Stahlschienen, und die Menschen kreischten in den Nachthimmel.

Justus, Peter und Bob standen wieder vor dem Tor zur Hölle. Als sie zum zweiten Mal der Frau in dem Kassenhäuschen die Freikarten hinhielten, begann sie, ungeniert zu schimpfen, musste sie aber einlassen. Hinter dem Tunnelgang breitete sich der Marktplatz aus. Die Fläche um den Galgen war mit einem Gitter abgesperrt. Im Inneren standen schon große Aufbauten auf dem Podest für das Abschlussfeuerwerk am nächsten Tag. ›Rauchen strengstens verboten‹ stand davor. Hinter dem Galgen spuckte der Mann mit der Ledermaske wieder Feuer. Zwischen dem Wohnwagen von Madame Vandorra und dem Geisterlabyrinth stand Pablos Gewinnbude.

»Lasst mich nur machen«, flüsterte Justus. Zielsicher ging er direkt auf den Wurfstand zu.

Pablo war damit beschäftigt, sein speckiges Portemonnaie aus der Tasche zu ziehen. Ein junger Mann hatte gerade für seine kichernde Freundin einen halben Dollar für drei Ringe bezahlt.

»Schmeiß die Ringe und gewinne«, lachte Pablo und ließ das Geld verschwinden. Als er die drei ??? erkannte, fiel ihm die Zigarette aus dem Mund. Bevor er etwas sagen konnte, legte ihm Justus das Gerät auf den Tresen.

»Mister, Ihr komisches Radio ist total kaputt. Da kommt nicht ein Ton raus. Wir wollen das auf der Stelle umtauschen.«

Pablo glotzte sekundenlang ungläubig auf den Kasten. Doch dann verzog sich sein Mund wieder zu einem schmierigen Grinsen. »Jungs, es tut mir leid. Das Radio ist kaputt. Na, so ein Pech. Was für ein Pech, sage ich. Und ich dachte schon, ich sehe es nie wieder. Sucht euch was anderes aus! Nehmt, was ihr wollt, denn ihr habt freie Auswahl!« Beim letzten Wort schlug er heftig gegen einen großen Gong und begann, lauthals zu lachen.

»Freie Auswahl! Was für ein Glückstag.«

Als die drei ??? weggingen, hielt Peter einen riesigen Teddy im Arm. »Hättest du nicht etwas Kleineres aussuchen können, Just?«, stöhnte er.

Der Maskenmann beendete gerade seine Show, und die Menge applaudierte begeistert. Er verbeugte sich und spuckte einen letzten großen Feuerstoß über die Köpfe hinweg.

»Wonach suchen wir denn eigentlich, Justus?«, wollte Bob wissen.

Justus zuckte mit den Schultern. Auf der anderen Seite begann jetzt der Mann im dunklen Umhang mit seinem Vortrag.

»Monster, Mumien, merkwürdige Gestalten«, äffte Bob ihn nach. »Das Geisterlabyrinth ist von allem hier der größte Nepp.«

Justus horchte auf. »Vielleicht sollten wir uns dort auch noch mal ein bisschen umsehen?«

»Wir sollen ein zweites Mal den Gummiaal angucken?«, rief Peter missmutig.

Doch ehe er sich versah, wurde er von seinen beiden Freunden mit hineingeschoben. Neben ihnen drängte sich auch der junge Mann mit seiner Freundin nach vorn. »Aber wehe, das ist zu gruselig. Dann falle ich in Ohnmacht, und du musst mich nach Hause tragen«, kicherte sie.

Dann wurden sie allesamt durch das offene Drachenmaul geschleust.

»Behaltet alles genau im Auge! Jedes Detail kann wichtig sein«, flüsterte Justus. Peter hatte große Mühe, den Teddy festzuhalten. Wieder schrie die

Menge, als die Blitze zuckten. Auch der Gorilla versuchte wieder, die Besucher zu erschrecken, und grapschte mit der Pranke nach den kreischenden Menschen. Die kichernde Freundin schlang ihre Hände um den Hals des jungen Mannes und ließ sich mit einem lauten Seufzer in seine Arme gleiten. Dann gab sie ihm einen innigen Kuss auf den Mund.

»Igitt. Das ist ja widerlich«, befand Bob und drehte sich weg. Justus hingegen beobachtete die Szene ganz genau und zog plötzlich seine beiden Freunde zu sich. »Da! Habt ihr gesehen, was der Affe gemacht hat?«

»Na, geküsst hat er sie«, antwortete Bob.

»Nein, ich meine den Gorilla. Ich bin mir sicher, dass der eben in die Tasche von dem Typen mit der albernen Freundin gegriffen hat.«

Die drei ??? blickten jetzt konzentriert auf den verkleideten Affen. Dieser trommelte sich mit beiden Fäusten auf die Brust, und für den Bruchteil einer Sekunde konnte man es erkennen: In seinen Pranken hielt er versteckt ein braunes Portemonnaie.

Gorillajagd

»Jetzt hab ich es auch gesehen«, flüsterte Peter aufgeregt. »Der Affe zieht den Leuten im Gedränge die Kohle aus der Tasche. Unglaublich. Wir müssen zu Kommissar Reynolds!«

Justus drückte ihm die Hand auf den Mund.

»Nein, wir gucken erst, wo der Gorilla hingeht. Ich glaube, wir kennen nur die halbe Wahrheit. Ich hab da so ein Gefühl.«

Sie ließen die Menge an sich vorbeiziehen. Einige Blitze zuckten noch auf, dann standen sie allein im

Dunkeln. Die nächste Besuchergruppe würde erst in einer Viertelstunde hereingelassen werden.

Langsam gewöhnten sich ihre Augen an die Finsternis. Die Gänge des Geisterlabyrinths waren überall mit schwarzen Plastikplanen verkleidet. Dünne Lichtstrahlen stießen von außen durch winzige Löcher.

»Der Affe muss sich hier irgendwo verdrückt haben«, vermutete Bob. Sie tasteten sich den Gang entlang. Auf beiden Seiten waren Holzgeländer angebracht. Vorsichtig setzten sie einen Schritt vor den anderen auf den Stahlplatten. Peter schob den riesigen Teddy wie einen Schutzschild vor sich her, und die großen Stoffohren rutschten an der Plane entlang. Plötzlich verschwanden sie.

»Guckt mal, hier ist ein Schlitz in der Plane!«, raunte Peter erstaunt. Justus und Bob drehten sich zu ihm um.

»Tatsächlich. Die lässt sich an dieser Stelle wie ein Vorhang zur Seite schieben«, bemerkte Justus und steckte sofort seinen Kopf durch den Spalt.

»Was siehst du?«, fragte Bob.

»Ihr werdet es nicht glauben. Hier geht's nach draußen. Kommt!« Justus kletterte über das Geländer und verschwand Stück für Stück in dem schwarzen Loch. Ihm folgte Bob. Peter schob sicherheitshalber zunächst den Teddy hindurch.

Sie standen jetzt direkt an der Rückseite des Geisterlabyrinths. Über ihnen war Sternenhimmel. Vor ihnen führte eine wackelige Treppe einige Stufen nach unten. Vorsichtig stiegen sie hinab. Die Rückseite sah aus wie ein Zirkuszelt. Irgendwo aus dem Inneren hörten sie die Besucher des Labyrinths aufschreien.

»Bestimmt hat sich der Typ gerade wieder den Gummiaal aus der Jacke gezogen«, vermutete Bob.

Sie befanden sich jetzt auf einem kleinen Platz, der umringt war von vielen Wohnwagen. Zwischen den Wagen hatte man hohe Holzwände aufgestellt. Von außen kam man dadurch nicht ohne Weiteres auf den Platz. In den Wohnwagen lebten anscheinend die Schausteller des Gruselgartens.

»Und was ist, wenn der Affe uns jetzt auflauert?«, fragte Peter ängstlich. Keiner gab ihm darauf eine Antwort.

In einem der Wagen brannte Licht. Durch ein kleines vergittertes Seitenfenster schimmerte ein schwacher Strahl auf den dunklen Platz.

»Wir sollten mal einen Blick durch das Fenster riskieren«, schlug Justus vor. Sie stellten sich auf die Zehenspitzen und sahen durch die dreckige Glasscheibe direkt in einen hellen Raum.

In der Mitte stand ein Tisch mit einer Tischdecke darauf. Sie war viel zu groß und lag teilweise auf dem verschmutzten Boden. An der Seite befand sich ein weiterer Tisch mit einem Laptop. Über das hochgeklappte Display des Computers flimmerte ein Bildschirmschoner. Links und rechts sah man jeweils eine Tür. Die eine führte nach draußen, dorthin, wo die drei jetzt standen. Anscheinend konnte man den Wagen von zwei Seiten aus betreten.

Plötzlich wurde die zweite Tür aufgestoßen, und der Gorilla kam hereingetrampelt. In der einen

Pranke hielt er das braune Portemonnaie und in der anderen den merkwürdigen Kasten.

Aus dem Hintergrund hörte man eine Stimme. »Mach schnell, Monster. Der Professor hat den Seeaal schon rausgeholt, und gleich sind die Besucher wieder draußen. Den Doppler kannst du in die Schublade packen, wenn du fertig bist. Ich kümmere mich nachher darum. Ich muss jetzt schnell wieder hintenrum in die Bude laufen. Du weißt schon: Schmeiß die Ringe und gewinne«, lachte die Stimme und entfernte sich. Die drei ??? nickten sich gegenseitig zu. Das dreckige Lachen gehörte eindeutig zu Pablo.

Der verkleidete Affe öffnete das Portemonnaie, wühlte darin herum und zog am Ende eine Scheckkarte heraus. Anschließend schob er die Karte in den Doppler. Nach ungefähr fünf Sekunden piepste das Gerät leise. Dann steckte der Gorilla die Karte wieder in die Geldbörse zurück und verstaute das Gerät in einer Schublade unter dem Computertisch.

»He, da kommt noch einer«, flüsterte Peter und zeigte auf die Rückseite des Geisterlabyrinths. »Schnell, duckt euch!« Blitzschnell huschte ein kleiner grüner Kobold aus dem Schlitz in der Plane, tippelte die wackeligen Treppen hinab und lief geradewegs auf sie zu.

Justus, Peter und Bob versteckten sich so weit wie möglich unter dem Wohnwagen. Sie hatten Glück, denn der Zwerg schien sie nicht zu bemerken. Er öffnete flink die Tür und trat ein. Die drei ??? spähten sofort wieder durch das kleine Fenster.

»Hast du alles fertig, Monster?«, fragte der Kobold mit piepsiger Stimme. Unter dem Koboldkostüm steckte anscheinend ein Kind oder ein Liliputaner.

»Klar. Ich hab die Karte durch den Doppler gezogen. Hier hast du das Portemonnaie. Pass auf, dass sie dich nicht erwischen«, antwortete der Affe.

Dann sprang der Kobold durch die Tür nach draußen. Justus, Peter und Bob rutschten schnell zurück unter den Wagen.

23

»Seht, das grüne Männchen verschwindet wieder durch die Plane«, flüsterte Justus. »Los, hinterher!« Er lief los, und die anderen beiden folgten ihm.

»Schnell, die Treppe rauf und zurück, wie wir gekommen sind«, schnaufte er atemlos.

Wenig später kamen sie aus dem Drachenmaul herausgerannt. Das helle Licht der bunten Strahler blendete sie für einen Augenblick, doch dann zeigte Peter mit dem freien Arm in die Menge.

»Dahinten springen gleich zwei von den Zwergen herum!«

Alle drei liefen in die Richtung. Die Kobolde tanzten stupsend und zupfend um ein Paar herum.

»Sind die süß«, freute sich seine Freundin.

Die drei ??? ahnten, was passieren würde.

Einer der Kobolde schnitt Grimassen und lenkte das Paar ab. Der andere stieß den jungen Mann von der Seite an und ließ blitzschnell das braune Portemonnaie in seiner Hosentasche verschwinden. Justus, Peter und Bob sahen sich zufrieden an.

Beweisaufnahme

»Ich glaube, der Fall ist gelöst«, grinste Bob und putzte seine Brille. Auch Peter atmete auf. In einer ruhigen Ecke legten sie den riesigen Teddy auf den Boden und setzten sich nebeneinander darauf. »Ich denke, wir sollten jetzt zur Polizei gehen und die ganze Sache berichten«, fuhr Bob fort. »Es war alles genauso wie gestern bei Onkel Titus. Erst klaut ihm der Gorilla die Brieftasche, dann stecken die grünen Kobolde sie wieder unauffällig zurück.«

Peter nickte zustimmend. »In der Zwischenzeit haben die Typen die Scheckkarte in unseren Kasten gesteckt. Pablo sagte was von ›Doppler‹. Ich glaube, jetzt wissen wir, was das für ein Gerät ist.«

»Klar! Jede Scheckkarte hat einen Magnetstreifen. Darauf sind alle Daten von der Karte festgehalten. Dieser ›Doppler‹ kann die Daten lesen und wahrscheinlich abspeichern. Er verdoppelt die Karte also – etwa wie ein Kopierer. Aber irgendwie müssen sie noch die Geheimzahl herausbekommen.«

»Dafür brauchen sie wohl den Laptop«, meinte Justus. »Es soll Computerhacker geben, die das können. Am Ende haben die also eine fremde Scheckkarte mit Geheimnummer und können seelenruhig Geld damit abheben. Und das Beste ist: Die beklauten Leute merken es nicht mal. So wie Onkel Titus. Der dachte die ganze Zeit, dass er seine Karte immer bei sich hatte. Deshalb ließ er die Karte auch nicht bei der Bank sperren, und auf die Leute vom Gruselgarten fällt nicht der geringste Verdacht. Genial.« Justus sagte es fast anerkennend. »Jetzt müssen wir nur noch mal rein und das Beweismittel sichern.«

»Was?«, rief Peter ungläubig. »Du willst doch wohl nicht noch mal da reingehen? Ich bin froh, dass uns der fette Affe eben nicht erwischt hat.«

Justus versuchte, ihn zu beruhigen. »Es kann gar nichts passieren. Wir wissen doch jetzt genau, wie die Sache abläuft. Außerdem kennen wir die Wege. Wir gehen rein, schnappen uns den Doppler aus der Schublade, und ruck zuck sind wir wieder draußen.

Wenn die Polizei hier auftaucht, lassen die Gauner als Erstes den Doppler verschwinden. Dann ist es viel schwieriger, sie festzunageln. Wir brauchen ihn als Beweismittel. Ich geh da auch allein rein, wenn du willst.«

Peter und Bob sahen sich kurz an. »Natürlich kommen wir mit«, sagte Peter. »Aber ich habe trotzdem kein gutes Gefühl dabei.«

Gerade wurde die nächste Gruppe in das Geisterlabyrinth eingelassen.

»Hereinspaziert, meine Damen und Herren. Kommen Sie und lernen Sie das Fürchten«, brüllte der Mann mit dem dunklen Umhang in sein Mikrofon. Peter hob den Teddy auf, und gemeinsam drängten sie sich abermals in die Menge. Wieder gingen sie durch das Drachenmaul, und wieder wurden sie durch die engen Gänge geschoben.

»Passt auf! Jetzt wird gleich der Gorilla auftauchen«, flüsterte Bob.

Schon war er da. Erschrocken kreischten die Besucher, als der Affe plötzlich angesprungen kam.

»Da! Ich hab es wieder gesehen. Diesmal hat er die Brieftasche von dem alten Opa geklaut.« Bob zeigte auf einen älteren Herrn mit weißem Hut.

Der Affe verschwand unbemerkt, und die drei ??? warteten, bis die Menge weitergegangen war.

»Ich glaube, jetzt können wir es wagen«, entschied Justus. »Der Gorilla müsste in diesem Moment im Wohnwagen sitzen und die Karte kopieren.«

Sie zwängten sich wieder durch den Schlitz in der Plane und rannten leise zu dem kleinen Fenster.

Es war, wie Justus vermutet hatte. Der Gorilla legte gerade den Doppler in die Schublade zurück. Jetzt brauchten sie nur noch abzuwarten. Erst kam der grüne Kobold und holte das Portemonnaie. Dann verließ auch der Affe den Wohnwagen.

»Der Weg ist frei«, grinste Bob.

Bisher lief ihr Plan reibungslos. Alle drei gingen auf Zehenspitzen in den Wohnwagen. Justus öffnete die Schublade, nahm den Doppler heraus und schob sie geräuschlos wieder zu.

»Na bitte«, grinste er.

Plötzlich wurde die Klinke der anderen Tür heruntergedrückt. Im nächsten Augenblick würde sie geöffnet werden. Für eine Flucht durch die andere Tür war es zu spät.

Geistesgegenwärtig zeigte Bob nach unten und verkroch sich blitzschnell unter dem Tisch. Justus und Peter folgten ihm. Peter zog gerade noch den Riesenteddy nach. Dann betrat jemand den Raum. Das bodenlange Tischtuch verdeckte die drei ???, aber jedem von ihnen klopfte das Herz bis zum Hals.

Peter war kreidebleich und krallte sich an einer Hand des Teddys fest. Justus und Bob umklammerten zusammen den anderen Arm.

Die Person begann, vergnügt zu pfeifen. Man hörte, wie eine Bierflasche geöffnet wurde. Die Person schien sie in einem Stück zu leeren, setzte sich danach an den Tisch und rülpste laut. Bob musste den Kopf einziehen, als zwei Beine unter der Tischdecke ausgestreckt wurden. Dann blickte er angewidert auf zwei Sandalen und verschwitzte Socken mit unzähligen Löchern.

Kurz darauf öffnete sich die andere Tür. Unter der Tischdecke hindurch konnte man zwei Gorillafüße erkennen.

»Was ist, Monster? Hat es diesmal nicht geklappt?«, hörten sie die Person mit den Sandalen sprechen. Justus, Peter und Bob erkannten die Stimme sofort. Es war wieder Pablo.

»Tut mir leid, Boss – viel zu wenig Besucher im Gang. Dann ist das Gedränge nicht groß genug«, entschuldigte sich der Affenmensch.

»Ist schon O. K., Monster. Kann ja nicht immer so gut laufen wie die letzten Male. Lieber einmal abwarten, als erwischt zu werden. Die Leute gehen eh nach Hause. Hier, nimm dir ein Bier«.

In diesem Moment betrat noch jemand den Raum. Pablo stand vom Stuhl auf. »Elvira, du Schönste aller Hässlichen. Lass dich umarmen. Wie viel Beutel Idiotengold hast du heute verkauft?« Es war Madame Vandorra. Stinkender Zigarrenrauch füllte den Raum.

»Lief bestens heute. Ein junger Kerl hat mir gleich drei Beutel abgenommen. Der wollte wohl seiner Freundin imponieren. Schöner Trottel«, lachte die Wahrsagerin mit verrauchter Stimme.

Pablo lachte mit. »Rocky Beach scheint mir sowieso eine Stadt voller Bekloppter zu sein. Wenn ich da an diese drei Rotzgören denke.«

Justus krallte sich noch fester im Teddy fest.

»Diese idiotischen Bengels haben uns tatsächlich den Doppler wieder zurückgebracht. Ich könnte mich totlachen. Wir hätten uns die Verfolgung und die ganze Durchsuchung in diesem Wasserspeicher sparen können. Und ich dachte schon, jetzt haben sie uns.«

Justus, Peter und Bob hockten wie versteinert unter dem Tisch. Plötzlich beulte sich an einer Stelle am Boden langsam die Tischdecke zur Seite. Eine pelzige Pfote schob sich hindurch, und dann sahen die drei ??? in zwei grüne Augen. Es war Ramon, der Kater der Wahrsagerin. Er schien genauso überrascht zu sein wie die drei Detektive. Doch dann kroch er entschlossen unter den Tisch.

Gebannt blickten die drei auf Ramon. Bob versuchte ein zaghaftes Lächeln. Ihm gelang nur eine lächerliche Grimasse, aber beim Kater schien es etwas zu bewirken. Er machte einen Buckel, und er fauchte. Dann sprang er Bob mitten ins Gesicht.

Dieser stieß einen gellenden Schrei aus, sein Kopf krachte mit voller Wucht gegen die Holzplatte, und der ganze Tisch fiel um.

In der Falle

Ramon sprang entsetzt in die Arme der verdutzten Wahrsagerin, und Pablo spuckte vor Schreck das Bier durch den Raum. Die drei ??? kauerten auf dem Boden wie Kaninchen in der Grube. Der Affenmensch hatte immer noch sein Kostüm an und beugte sich langsam zu ihnen herunter.

»Sagt mal, ihr Bürschchen. Euch kenne ich doch? Erinnert ihr euch nicht an mich?« Justus, Peter und Bob schüttelten heftig den Kopf.

»Vielleicht hilft es euch, wenn ich mal meinen Affenschädel abnehme.«

Mit beiden Pranken hob er sich das Gorillakostüm vom Kopf. Darunter steckte ein Mann mit einer Ledermaske.

»Der Feuerschlucker«, entfuhr es Justus.

»Ganz genau, ihr neugierigen Kinderchen. Ich bin der Feuerschlucker. Das ist ein gefährlicher Job. Wenn man nicht aufpasst – puff – schießen die Flammen einem um die Ohren.«

Pablo hatte die Situation langsam wieder im Griff, denn sein schmieriges Grinsen kam zurück. »Monster, zeig den Jungs mal, warum du so heißt, wie du heißt.«

Der Feuerschlucker grinste jetzt auch. »Ihr wollt wissen, warum ich Monster genannt werde? Na schön, ich zeige es euch. Und dann werdet ihr euch auch an mich erinnern.« Mit diesen Worten riss er sich die Maske vom Kopf. Sein Gesicht war von Narben entstellt. Justus, Peter und Bob schrien entsetzt auf – alle anderen lachten hemmungslos. Es war der riesige Mann, der sie am Vortag vor dem Wohnwagen vertrieben hatte.

»Hab ich euch nicht gesagt, dass ihr euch von fremden Wohnwagen fernhalten sollt?« Keiner der drei brachte ein Wort über die Lippen.

»Verdammt!« Wütend schlug Pablo mit der Faust gegen die Wand. »Wie kommen diese Rotzgören hierher? Was soll das? Was wissen die? Da läuft alles wie geschmiert, und plötzlich kommen drei Daumenlutscher und machen die Sache kompliziert. Der Dicke hat mir von Anfang an nicht gefallen, überhaupt nicht. Was schnüffelt ihr hier rum? Habt wohl zu viele Detektivromane gelesen. Kann mir auch egal sein. Was mischt ihr euch in anderer Leute Sachen ein? Kann mir das mal einer von euch verraten? Wollt ihr Hilfssheriffs werden, oder was? Kümmert euch doch um euren eigenen Dreck! Wisst ihr eigentlich, wie spät es ist? Eure Eltern sollte man einsperren lassen. Mist, Mist, Mist!« Pablo war jetzt außer sich vor Wut. Die drei ??? wagten nicht zu atmen.

»Erzählt mir mal, was der liebe Pablo jetzt mit euch machen soll? Hä? Kann mir das mal einer sagen von euch?«

Justus nahm seinen ganzen Mut zusammen und holte tief Luft. »Mister, lassen Sie uns einfach gehen. Wir wissen nichts und haben auch nichts gesehen.« Peter nickte hektisch. »So ist es. Wir haben von nichts eine Ahnung. Wir sind rein zufällig hier. Glauben Sie uns!«

Pablo packte Peter am Ohr und zog ihn zu sich

hoch. »Glauben Sie uns, glauben Sie uns!«, äffte er ihn nach. »Denkt ihr, ich bin bescheuert? Ihr lauft doch gleich zu eurem lieben Onkel Kommissar und macht mit ihm eine Plauderstunde. Nee, nee, meine jungen Freunde, so leicht lässt Pablo sich nicht die Handschellen anlegen.«

Jetzt meldete sich Madame Vandorra zu Wort. »Vielleicht wissen die Bengels tatsächlich nichts, Pablo. Der eine war doch sogar so doof, mir gestern einen Beutel Idiotengold abzukaufen.«

Pablo lief in dem kleinen Raum auf und ab. Er setzte sich auf einen Stuhl und dachte fieberhaft nach. Plötzlich sprang er auf, rannte zur Schublade und riss sie auf.

»Sie sollen also nichts wissen? Ich lach mich tot. Und was ist das? Der Doppler ist weg. Die haben uns tatsächlich den Doppler unterm Hintern weggeklaut. Und du sagst, die wissen nichts? Alles wissen die, sonst würden sie sich das Ding nicht unter den Nagel reißen. Diese kleinen Schnüffler haben das Teil geklaut!« Pablo spuckte jetzt vor Wut. Dann nahm er sich eine Flasche Bier und öffnete den Verschluss mit den Zähnen. »So, meine jungen Freunde. Wenn ich dann mal bitten darf!« Er streckte Justus die Hand entgegen.

Peter und Bob dachten, jetzt würde Justus den Doppler aushändigen. Doch dieser zuckte nur mit den Schultern.

»Tut mir leid, Mister. Dieses Ding, diesen Doppler, von dem Sie sprechen, haben wir nicht. So glauben Sie uns doch!«

Völlig verständnislos sahen ihn seine beiden Freunde an. Sie wussten, dass als Nächstes Pablo alle drei durchsuchen würde.

Und so geschah es auch. Zunächst wurde Bob von dem Feuerschlucker an den Füßen hochgehoben und gründlich durchsucht. Seine Brille fiel zu Boden, als er über Kopf hing. Dann war Peter an der Reihe. Doch auch bei ihm wurde nichts gefunden. Justus biss sich auf die Lippen.

»So, dann wollen wir mal beim Dicken gucken«, sagte der Feuerschlucker. Justus' Gewicht schien ihm überhaupt nichts auszumachen. Er schien sogar Spaß zu haben, denn in seinem vernarbten Gesicht erschien ein Grinsen. Justus lief das Blut in den Kopf, als er an den kräftigen Händen baumelte. Ihm fielen haufenweise Dinge aus der Hosentasche. Schrauben, Drähte, ein Feuerzeug, Batterien und diverse andere nützliche Dinge. Den Doppler konnte man bei ihm aber nicht finden.

»Ich hab es Ihnen doch gesagt, Mister«, lächelte er zaghaft. Peter und Bob sahen sich verdutzt an.

Bestechungsversuche

Pablo setzte sich wieder auf seinen Stuhl. »Kinder, was macht ihr mit dem armen Pablo? Soll ich euch an den Haaren ziehen, bis ihr es ausspuckt? Ich versteh die Jugend nicht mehr. Ich hätte für zehn Dollar meine eigene Mutter verraten. Vielleicht habe ich das sogar auch gemacht? Keine Ahnung. Oder seid ihr auf Geld aus? Genau! Kohle, Zaster, Mäuse … jetzt verstehe ich. Mann, bin ich blöd. Ihr wollt für den Doppler blanke Dollar sehen. Na bitte, genau wie ich damals. Ich hab als Kind alten Mütterchen die Katze geklaut und am nächsten Tag zurückgebracht. Das gab Finderlohn … Schöne Zeit war das. So, hier habt ihr jeder zwanzig Dollar. Und jetzt her mit dem Ding!«

Justus wies das Geld ab. »Es tut mir wirklich leid, Mister. Ich weiß nicht, wovon Sie sprechen.«

Als Justus das sagte, schmiss Pablo eine Bierflasche gegen die Wand. Tausend Scherben fielen klirrend auf den Boden. Die drei ??? zogen vor

Schreck ihre Köpfe ein. In letzter Sekunde wurde der wütende Mann von der Wahrsagerin zurückgehalten.

»Pablo, hör auf! Lass uns zu mir gehen und die Sache in Ruhe besprechen. Wir dürfen jetzt keinen Fehler machen. Die drei Gören sperren wir solange hier drin ein, bis wir eine Lösung gefunden haben.« Der Feuerschlucker war der gleichen Meinung.

Pablo versuchte, wieder sein schmieriges Grinsen aufzusetzen. Dann nahm er den Laptop unter den Arm und ging zur Tür. »Du hast recht, Elvira. Du hast eigentlich immer recht. Gehen wir rüber und bereden die Sache. Monster, kümmere dich darum, dass unsere Gäste nicht ausfliegen können.« Danach verließ er mit Madame Vandorra den Wohnwagen. Ramon trottete ihnen hinterher.

Der Feuerschlucker verriegelte alle Türen von außen. Die Fenster waren ohnehin vergittert.

Jetzt waren die drei ??? allein. Minutenlang sprachen sie kein Wort. Der Schreck lähmte sie immer noch. Nach einer Weile schüttelte Bob den Kopf.

»Just, was ist passiert? Wo ist der Doppler?« Auch Peter sah ihn fragend an.

Justus hob den Zeigefinger und legte ihn auf seine Lippen. »Psst …« Für einen kurzen Moment blinzelte er auf den Teddy.

»Du hast den Doppler in den …«, entfuhr es Peter. Doch Justus presste ihm blitzschnell die Hand auf den Mund.

»Leise, vielleicht werden wir abgehört«, flüsterte er fast lautlos. Peter und Bob verstanden. Es war tatsächlich möglich, dass die Verbrecher jetzt hinter der Tür lauschen würden. Die nächste Zeit wagten sie, sich nicht zu unterhalten.

Nichts geschah. Am Anfang konnte man von draußen noch leise die Jahrmarktsgeräusche hören. Bald vernahm man nichts mehr. Es war anscheinend schon sehr spät. Sicher machten sich Tante Mathilda, Onkel Titus und die Eltern von Peter und von Bob schon Sorgen. Andererseits hatten sie sich schon daran gewöhnt, dass die drei Freunde abwechselnd bei den anderen übernachteten.

Peter kaute nervös auf seinen Nägeln, dann wisperte er, so leise er konnte. »Just, warum sagst du nicht, dass du den Doppler in den Teddy gesteckt hast?«

»Das möchte ich auch mal wissen«, flüsterte Bob. »Die sind dann doch zufrieden und lassen uns laufen.«

Justus blickte auf den Teddy. An der Seite hatte das Plüschtier einen Reißverschluss. Justus hatte ihn unbemerkt geöffnet und das Gerät dort hineingesteckt.

»Peter, wenn die erst mal den Doppler haben, halten wir keinen Trumpf mehr in der Hand. Die können uns nicht einfach laufen lassen, dazu wissen wir zu viel. Der Doppler ist alles, was wir haben, verstehst du?« Peter schien das nicht zu überzeugen. Er wollte einfach nur nach Hause.

»Und was machen wir jetzt?«, wollte Bob wissen.

»Keine Ahnung. Uns muss irgendetwas einfallen«, gab Justus kleinlaut zurück.

Plötzlich knirschte es leise hinter der Tür. Gebannt

starrten die drei in die Richtung. Es hörte sich an, als würde sich jemand am Schloss zu schaffen machen.

»Oh nein, jetzt holen sie uns«, jammerte Peter.

Phase Rot

Die Geräusche wurden deutlicher, und dann knackte es laut. Langsam öffnete sich die Tür. Die drei ??? rutschten auf dem Boden in die gegenüberliegende Ecke. Aber es kamen weder die Wahrsagerin noch der Feuerschlucker oder Pablo. In der Tür stand ein Mann im schwarzen Anzug und hielt seinen Zeigefinger auf seine Lippen. Er deutete an, dass die drei unten bleiben sollten, und kam näher.

»Bleibt so sitzen, Kinder, habt keine Angst.« Sie hatten aber Angst.

»Meine Name ist Frank Dorsson. Ich komme vom Los Angeles Police Departement – Spezialeinheit. Ich weiß über alles Bescheid.« Ungläubig sahen die drei zu ihm hinauf.

»Entschuldigung, hab ich fast vergessen. Hier ist mein Ausweis und meine Dienstmarke. Wir werden euch jetzt hier rausholen. Ihr müsst aber genau befolgen, was ich euch sage.«

»Was meinen Sie mit ›wir‹?«, fragte Bob leise.

Der Polizist deutete hinter sich. »Das ganze Gelände ist umstellt. Es sind zwei Einheiten aus Los Angeles zusammengezogen worden. Auch die hiesige Polizei unterstützt uns. Kommissar Reynolds leitet persönlich eure Befreiung.«

»Kommissar Reynolds!«, rief Peter freudig.

»Nicht so laut. Ja, er befindet sich vor diesem Gruselgarten im zentralen Einsatzwagen. Wartet mal, ich bekomme gerade eine Funkmeldung.« Dorsson griff sich an sein linkes Ohr und drückte mit dem Zeigefinger einen kleinen Knopf fest hinein. »Hier Falke, hier Falke. Adler, bitte kommen, ich habe Sie nicht verstanden. Seid mal kurz ruhig, Jungs. Ich habe den Kommissar in der Leitung.«

Peter deutete auf ein dünnes Kabel, das vom Knopf aus in Dorssons Nacken führte. »Bei solchen Aktionen sind die Polizisten alle über Funk verbunden. ›Adler‹ und ›Falke‹ sind geheime Decknamen. Kenn ich aus dem Kino«, erklärte er.

»Adler, ich habe verstanden. Ich werde jetzt Phase Rot einleiten.«

»Was ist Phase Rot?«, wollte Justus wissen.

»Der Einsatz ist in mehrere Phasen eingeteilt. Wir beobachten euch schon seit einer halben Stunde. In wenigen Minuten wird der gesamte Strom auf dem Jahrmarkt abgeschaltet. Die Agenten haben Nachtsichtgeräte und sind dadurch den Gangstern gegenüber im Vorteil.« Dann griff er in seine Jackentasche und zog eine flache Dose hervor. »Das hier verteilt in eurem Gesicht. Es ist schwarze Tarncreme. Helle Gesichter sieht man zu sehr in der Dunkelheit.« Er nahm als Erster die Creme und schmierte sich damit ein. Justus, Peter und Bob machten es ihm nach.

»Woher wussten Sie eigentlich, dass wir hier sind, Mister Dorsson?«, fragte Justus, als er sich die Creme auftrug.

»Unsere Spezialeinheit ist der Bande schon über ein Jahr auf den Fersen. Wir waren kurz davor, sie festzunehmen, als ihr dazwischenkamt. Entschuldigung, dass ich das sagen muss. Dadurch waren wir gezwungen, sofort zu handeln. Eure Eltern haben sich bei der Polizei gemeldet, und Kommissar Reynolds hat dann uns angefordert. Wir wissen alles über die Gauner.«

Bob gab ihm die Creme wieder zurück. »Sind die gewalttätig? Ich meine, haben die Waffen?«, fragte er ängstlich.

»Wir müssen mit allem rechnen, Jungs. Fehler dürfen wir uns jetzt nicht erlauben. Sekunde noch mal ... ja, Falke hört. Adler, bitte kommen ... ja ... ja ... habe verstanden. Leite jetzt die Aktion ein.« Peter zitterten vor Aufregung die Knie.

Der Polizist deutete auf die offene Tür. »So, Kinder. In wenigen Sekunden geht es los. Von oben werden wir gleich noch von zwei Hubschraubern unterstützt. Habt keine Angst. Gleich seid ihr bei euren Eltern, und die Bande kommt für Jahre hinter Gitter. Diesmal werden die Beweise reichen.«

Hintereinander hockten sie vor dem Ausgang. Plötzlich lief Justus noch einmal zurück.

»Was machst du denn da?«, fuhr ihn Dorsson an. »In zwanzig Sekunden ist hier die Hölle los. Komm sofort wieder zurück, Junge!«

Doch Justus hörte nicht auf ihn. Er packte den Teddy, öffnete den Reißverschluss und riss den Doppler heraus. Dann lief er wieder zu den andern.

»Mister Dorsson, ich denke, dieser Scheckkartenkopierer wird Ihr wichtigstes Beweismittel werden«, sagte er und zeigte auf das Gerät.

Der Polizist staunte nicht schlecht. »He … ihr habt rausbekommen, wie die Bande die Karten knackt? Gratulation. Die Los Angeles Spezialeinheit wird aus euch Ehrenpolizisten machen. Bravo.«

Schauspielprobe

»Bravo, bravo, gut gemacht. Hervorragend. Bravo.« Es war nicht Dorsson, der das rief. Die drei ??? rissen die Köpfe herum. Hinter ihnen stand Pablo und applaudierte.

»Bravo ... Professor, du warst fabelhaft. Umwerfend. Hollywood würde sich nach einem solchen Schauspieler die Finger lecken.«

Dorsson stand auf und verbeugte sich.

»Zu viel der Ehre. Danke schön ... Ich weiß nicht, was ich sagen soll. Danke.« Jetzt kamen auch der Feuerschlucker und Madame Vandorra herein.

»Professor, es war großartig. Wärst du doch bloß bei der Schauspielerei geblieben. Dich hätten sie mit Oskars überschüttet«, lachte die Wahrsagerin.

Der vermeintliche Polizist wischte sich mit einem Lappen die schwarze Creme aus dem Gesicht.

»Meine liebe Elvira, was sollte ich machen. Das schnelle Geld der Gaunerei war einfach zu verlockend. Jetzt kann ich nicht mehr zurück.«

Die drei ??? waren fassungslos. Sie konnten es nicht glauben, dass sie auf einen Schauspieler hereingefallen waren.

Pablo ging auf Justus zu und nahm ihm den Doppler aus der Hand. Justus leistete keinen Widerstand.

»Seht, wie elegant wir euch zum Reden bekommen haben, Jungs. Kein Haareziehen, keine Gewalt. Ganz von allein habt ihr es dem lieben Onkel Pablo gegeben. Aber ich will euch eins sagen: Ärgert euch nicht. Auf den Professor sind schon ganz andere reingefallen. Er ist einfach zu gut.«

Die drei waren völlig zerknirscht.

Der Mann, den die Gauner Professor nannten, hatte sich mittlerweile an den Tisch gesetzt. Aus seinem Jackett holte er einen kleinen Spiegel und stellte ihn aufrecht vor sich hin.

»So, nach getaner Arbeit muss sich der Schauspieler abschminken. Die Kunst der Verwandlung ist eine große Kunst. Seht mir zu, Jungs. Ihr werdet staunen.«

Zunächst griff er sich auf den Kopf, zog kräftig und hatte seine gesamten Haare in der Hand.

»Eine Perücke«, entfuhr es Bob.

Der Schauspieler grinste. »Richtig. Und nicht nur das ist unecht. Seht genau hin: Das Funkgerät ist ein stinknormaler Ohrhörer von einem Walkman. Ein gefälschter Ausweis hier und eine falsche Dienstmarke da. Die Augenbrauen sind unecht und die dicke Nase auch. Und …, erkennt ihr mich?«

Die drei ??? konnten es nicht glauben. Vor ihnen saß der Mann mit dem Gummiaal. Und somit war er auch der Mann mit dem dunklen Umhang und dem Mikrofon vor dem Geisterlabyrinth.

Die Gangster waren bester Laune. Alle lachten und amüsierten sich königlich. Selbst Ramon, der Kater, rieb sich zufrieden an den Beinen von Madame Vandorra. Für einen Moment schienen sie die drei ??? vergessen zu haben.

Peter stieß seinen beiden Freunden gleichzeitig in die Seite. »Darf ich jetzt mal einen Vorschlag machen?«, flüsterte er fast lautlos. Justus und Bob nickten unsicher.

»Dann lasst uns bei drei abhauen. Eins, zwei, drei!« Pfeilschnell sprang er auf und rannte zur Tür. Justus und Bob folgten, ohne zu widersprechen.

»Halt, ihr Rotzgören! Bleibt sofort stehen«, schrie ihnen Pablo wütend hinterher.

Doch die drei dachten nicht daran. So schnell sie konnten, sprangen sie die Stufen der wackeligen Treppe hoch und verschwanden in dem Schlitz der Plane. Sie hatten einen kleinen Vorsprung, doch die Gauner waren ihnen dicht auf den Fersen.

»Wohin rennst du, Peter?«, keuchte Bob.

»Keine Ahnung. Hauptsache, weg!«, schrie dieser. Seine beiden Freunde waren damit einverstanden und rannten so schnell sie konnten Peter hinterher.

Sie befanden sich nun mitten im Geisterlabyrinth. Obwohl sie schon so oft hier entlanggegangen waren, fanden sie sich in der Aufregung jetzt nicht mehr zurecht. Die dunklen Gänge sahen alle gleich aus. Nur ganz schwach konnte man einige Umrisse erkennen.

Plötzlich vernahmen sie leise Musik. Doch allmählich wurde sie lauter. Es klang unheimlich, und es schien, als käme sie von allen Seiten.

»Was ist das?«, fragte Bob erschrocken. Und als ob jemand ihm zugehört hatte, antwortete eine laute Stimme.

»Geisterstunde … Geisterstunde … ich grüße meine kleinen Freunde.« Es war die Stimme von Pablo.

Justus stützte sich für einen Moment am Geländer ab. »Der hat anscheinend die ganze Anlage wieder angeschaltet«, schnaufte er atemlos.

Und so war es auch. Plötzlich blitzte es über ihnen, und der Werwolf aus Pappmaché breitete die Arme aus. Sie rannten weiter. Hexen an Drahtseilen tanzten über ihnen, und Peter lief fast dem glibberigen Außerirdischen in die Arme. Auch er war nur eine Puppe.

»Geisterstunde … Geisterstunde … wir kriegen euch …«, hörten sie unentwegt Pablo rufen. Verzweifelt stürzten die drei durch die Dunkelheit. Überall um sie herum hörten sie Schritte. Die Gangster waren anscheinend dicht bei ihnen. Doch plötzlich entdeckte Bob ein Licht am Ende des Ganges. »Dahinten müssen wir hin! Schnell, ich glaube, das ist der Weg zum Drachenmaul. Ja, ich bin mir ganz sicher.«

Er hatte recht. Auch Justus und Peter erinnerten sich an diesen Weg. Ein paar Schritte noch, dann standen sie draußen.

Der Platz war menschenleer, und der Mond ließ alles in einem gespenstischen Licht erscheinen.

Sie rannten zum Hauptausgang. Doch schon auf

der Hälfte des Weges erkannten sie es: Ein hohes Gitter versperrte ihnen den Weg. Sie waren wieder gefangen.

Aus dem Geisterlabyrinth schallten die lauten Stimmen über den Platz. »Pablo, ich glaube, die Gören sind nicht mehr hier drin.«

»Gut, Monster. Wir müssen uns draußen umsehen. Wir werden sie umzingeln und von allen Seiten kommen.«

Die drei ??? sahen sich panisch um.

»Wohin jetzt? Wir müssen uns irgendwo verstecken!«, stammelte Peter.

Justus zeigte auf den Galgen. »Da. Das Ding steht auf einem Podest. Lasst uns darunterkriechen!« Die anderen beiden hatten keinen besseren Vorschlag, und so folgten sie ihm.

Wegen des morgigen Feuerwerks war das Podest immer noch eingezäunt. Es sah aus wie ein großer flacher Karton. Blitzschnell robbten die drei darunter. Es war aus vielen Brettern zusammengenagelt, und obendrauf stand der Pappgalgen. An einer

Seite fehlten ein paar Bretter, und so konnten sie an dieser Stelle unter das Podest krabbeln.

Sie lagen flach auf dem Boden und rührten sich nicht mehr. Durch die Ritzen zwischen den Brettern konnte man in jede Richtung gucken. Sehr freuen konnten sie sich darüber aber nicht, denn jetzt kamen von allen Seiten die Gangster auf den Platz.

Zündende Ideen

»Hallo ... Kinderchen, wo seid ihr? Wer hat Angst vorm schwarzen Mann?« Es war Pablo, der aus der Richtung des Geisterlabyrinths kam.

Vom Eingang her schritt der Feuerschlucker langsam auf sie zu. »Nun zeigt euch doch mal!«

»Adler, bitte kommen!« Der falsche Polizist kam aus der Richtung der Gewinnbude und lachte.

Jetzt fehlte nur noch die Wahrsagerin: »Huhu, wo sind die Minimännchen hin?« Sie stand am dichtesten bei den dreien. Ihr Zigarrenqualm zog unter das Podest. Justus, Peter und Bob vergaßen fast zu atmen.

»So, jetzt wird Madame Vandorra aber gleich böse. Wenn ihr nicht gleich zu Mami kommt, gibt es keinen Nachtisch!« Verärgert nahm sie die Zigarre aus dem Mund und warf sie über die Absperrung – genau unter das Podest vor Bobs Nase.

Ihre Lage war hoffnungslos. Gleich würden sie entdeckt werden. Verzweifelt sah Justus sich nach einem Ausweg um. Er blickte nach oben und spähte durch die Ritzen. Auf dem Podest waren hunderte von Raketen und Knallern vorbereitet worden. Deshalb war dieser Bereich auch eingezäunt worden. Zahllose Zündschnüre liefen kreuz und quer zwischen den Feuerwerkskörpern hin und her. Sie lagen direkt auf den Holzbrettern des Podestes, und an einigen Stellen hingen sie sogar durch die Ritzen nach unten durch.

»Das ist es!«, zischte Justus durch die Zähne und zeigte nach oben. Peter und Bob begriffen augenblicklich seinen Plan. Er wollte das Feuerwerk entzünden, um die Polizei aufmerksam zu machen.

Justus griff in seine Hosentasche und suchte das Feuerzeug, das er immer bei sich trug. Doch im selben Moment fiel es ihm ein: Als er im Wohnwagen durchsucht worden war, war es herausgerutscht. Dort lag es immer noch. Der letzte Hoffnungsfunke war damit zunichtegemacht.

»Just, wie wär's hiermit?«, hörte er plötzlich neben sich.

Es war Bob. Mit ausgestreckter Hand hielt er ihm die glühende Zigarre der Wahrsagerin vor die Nase.

Schlagartig erhellte sich Justus' Gesicht. Peter strahlte auch und hob den Daumen. Dann ging alles sehr schnell. Die Glut der Zigarre setzte die Zündschnur in Brand. Zischend brannte sie ab und entzündete wiederum andere Schnüre. Dann gab es den ersten lauten Knall.

»Was ist passiert?«, schrie Pablo entsetzt. Mehr konnte man nicht mehr verstehen. Ohrenbetäubendes Krachen durchzuckte die Nachtruhe. Dann stiegen die Raketen auf. Weiße, rote und blaue Sterne explodierten über Rocky Beach. Riesige Funkenfontänen erleuchteten den schwarzen Himmel. Hunderte von glitzernden Sternschnuppen prasselten zu Boden, und die Luft füllte sich nach und nach mit weißem Dampf.

»Verdammt, was soll das? Das Geknalle lockt uns noch die Bullen auf den Hals!«, brüllte Pablo voller Wut.

Die drei ??? grinsten zum ersten Mal wieder.

»Lasst uns verschwinden!«, schrie Madame Vandorra zurück und rannte ins Geisterlabyrinth. Die anderen folgten ihr.

Der Plan der drei ??? ging auf. Nach wenigen Minuten hörte man Sirenen, und kurz danach schossen Polizeiwagen auf das Jahrmarktsgelände. Die Männer eines Feuerwehrwagens brachen das Gitter am Eingang des Gruselgartens auf.

»In dem Polizeiwagen da drüben ist Kommissar Reynolds«, jubelte Peter, und alle rannten auf ihn zu.

Die Gauner hatten keine Chance. Nachdem die drei ??? die ganze Geschichte im Schnelldurchlauf dem Kommissar berichtet hatten, wurde ein Verbrecher nach dem anderen geschnappt. Als Letztes fand man Pablo mit dem Doppler und mit mehreren tausend Dollar in bar. Er hatte sich damit hinter dem glibberigen Außerirdischen versteckt. Als er in Handschellen in einen der Polizeiwagen verfrachtet wurde, bedachte er die drei ??? mit allen Schimpfwörtern dieser Welt.

Zum Schluss stand nur noch Reynolds mit Justus, Peter und Bob auf dem Platz.

»Ihr seid mir verrückte Kerle. Diese Gauner wurden seit Jahren in ganz Amerika gesucht«, lobte sie der Kommissar. »Ich denke, Kalifornien macht euch zu Ehrenpolizisten einer Spezialeinheit.«

»Oh, bitte nicht«, riefen alle gleichzeitig. Von Spezialeinheiten hatten sie erst einmal genug.

Justus knetete seine Unterlippe. »Kommissar Reynolds, Sie könnten uns aber einen anderen Gefallen tun.«

»Jeden der Welt«, versicherte der Polizist.

»Von dem geraubten Geld gehören tausend Dollar meinem Onkel. Könnte man ihm das Geld einfach zurücküberweisen? Er würde dann denken, dass die Bank sich vertan hat. Außerdem wäre es gut, wenn unsere Namen in Ihrem Bericht nirgends auftauchen. Tante Mathilda hätte kein Verständnis dafür. Wir kriegen schon Ärger genug.«

Der Kommissar schüttelte energisch den Kopf. »Euch bei der Sache rauszuhalten geht vielleicht noch. Aber das mit den tausend Dollar? Unmöglich. Da gibt es einen Dienstweg, das muss alles geprüft werden, das kann Wochen dauern, bis ... ach was, natürlich geht das. Kein Problem.«

Eine Minute später saßen Justus, Peter und Bob auf dem Rücksitz von Reynolds' Polizeiwagen.

»Los geht's! Ich fahr euch unauffällig nach Hause. Eure Fahrräder holen wir morgen ab. Der Kommissar startete den Motor und gab Gas. »So, und jetzt erzählt mir mal die Geschichte von Anfang an!« Er sollte sie nicht zu hören bekommen, denn die drei Freunde schliefen bereits tief und fest.

Leseprobe
Die Geisterjäger

Unter dem Dach war die Luft heiß und stickig. Der Boden war vollgestellt mit alten Möbeln, staubigen Kisten und Teppichrollen. Es war ziemlich düster. Nur durch winzige Ritzen zwischen den Dachpfannen drangen einige dünne Sonnenstrahlen.

»Hallo, ist da wer?«, rief Peter ängstlich. Bob schüttelte den Kopf. »Hör auf damit! Wer soll denn hier schon sein? Graf Dracula?«

Vorsichtig bahnten sie sich den Weg durch zahllose Spinnenweben, die von den Holzbalken herunterhingen. Bei jedem ihrer Schritte knarrten die Dielen unter ihnen. In einer Ecke standen uralte Fahrräder und ein kaputtes Schaukelpferd, in einer anderen stapelten sich verstaubte Koffer. Bob hob einen abgebrochenen Besenstiel auf und stocherte damit in einem großen Haufen mottenzerfressener Stoffreste. »Miez, miez, miez. Na, wo ist denn das kleine Schmusekätzchen?«

Etwas weiter verdeckten schmutzige Bettlaken ein seltsames Gebilde. Im Licht eines dünnen Sonnenstrahls funkelte es darunter sonderbar. Vorsichtig hob Bob die Laken an.

Peter stockte der Atem. »Oh nein, wisst ihr, was das ist? Der Kronleuchter aus der Halle. Bob, lass sofort das Laken wieder fallen! Ich will das Ding gar nicht genauer ansehen.«

Plötzlich vernahmen sie eigenartige Geräusche vom anderen Ende des Dachbodens. Justus blieb stehen und lauschte angestrengt. »Hört ihr das?«,

flüsterte er. Peter nickte. »Natürlich. Und das klingt nicht nach einer Katze. Eher nach einem Röcheln.«

»Vielleicht ein Waschbär, der sich hier sein Nest gebaut hat«, vermutete Justus. »Kommt, wir werden es gleich herausgefunden haben!«

Allmählich hatten sich die Augen der drei Detektive an das staubige Dämmerlicht gewöhnt. Dieser Teil des Bodens wurde anscheinend früher zum Trocknen von Wäsche benutzt. Noch immer hingen vergilbte Bettlaken und Handtücher an den Wäscheleinen. Vorsichtig schob Bob sie beiseite. »Da hat jemand vergessen, die Wäsche abzuhängen.« Peter wischte sich seine schweißnassen Hände am T-Shirt trocken. »Ich weiß auch, wer. Die Frau des Gärtners. Sie kam an diesem Unglückstag nicht mehr dazu. Das Zeug muss schon zwanzig Jahre hier hängen.«

Justus kombinierte weiter. »An dem Tag muss es geregnet haben, denn sonst würde niemand in Kalifornien seine Wäsche drinnen zum Trocknen aufhängen.«

Die seltsamen Geräusche waren jetzt ganz deutlich zu hören. Peter blieb stehen. »Es klingt eher wie ein heiseres Lachen, oder? Ich finde, wir haben genug gesehen.«

Unbeirrt ging Justus weiter. Dann kniete er sich auf den Boden und versuchte, unter den Wäschestücken hindurchzuschauen.

»Siehst du was?«, flüsterte Peter.

»Nicht viel. Doch, wartet. Ganz hinten in der Ecke steht eine große Holzkiste.«

Je weiter sie sich der Kiste näherten, desto lauter waren die Geräusche zu hören …

Neugierig geworden? Mehr spannende Abenteuer der drei ???® Kids gibt's auf der nächsten Seite.

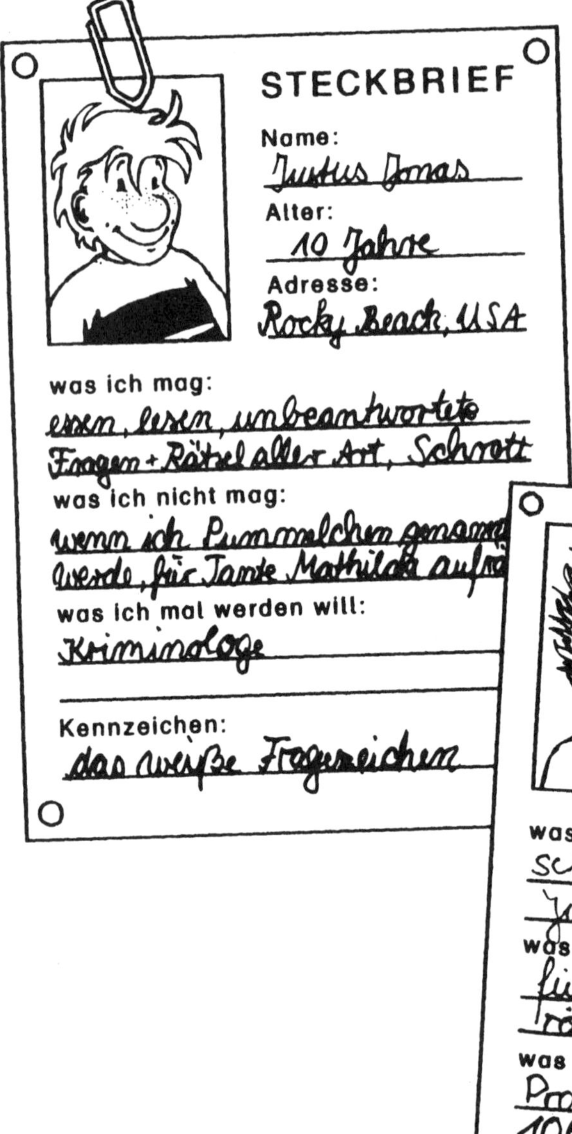
STECKBRIEF
Name:
Justus Jonas
Alter:
10 Jahre
Adresse:
Rocky Beach, USA
was ich mag:
essen, lesen, unbeantwortete
Fragen + Rätsel aller Art, Schrott
was ich nicht mag:
wenn ich Pummelchen genannt
werde, für Tante Mathilda aufr
was ich mal werden will:
Kriminologe
Kennzeichen:
das weiße Fragezeichen
was ich mag:
schwimmen
Justus und
was ich nicht mag:
für Tante
räumen
was ich mal werden
100 Jahre alt
Kennzeichen:
blaues